HISTÓRIAS DE BANHEIRO

Histórias de Banheiro

Dirce de Assis Cavalcanti

Ateliê Editorial

Copyright © 2010 Dirce de Assis Cavalcanti

Direitos reservados e protegidos pela Lei 9.610 de 19.02.1998.
É proibida a reprodução total ou parcial sem autorização,
por escrito, da editora.

Dados Internacionais de Catalogação na Publicação (CIP)
(Câmara Brasileira do Livro, SP, Brasil)

Cavalcanti, Dirce de Assis
Histórias de Banheiro / Dirce de Assis Cavalcanti. –
São Paulo: Ateliê Editorial, 2010.

ISBN: 978-85-7480-474-3

1. Contos brasileiros   I. Título

10-01617   CDD-869.93

Índice para catálogo sistemático:
1. Contos: Literatura brasileira   869.93

Direitos reservados à

ATELIÊ EDITORIAL
Estrada da Aldeia de Carapicuíba, 897
06709-300 – Granja Viana – Cotia – SP
Telefax: (11) 4612-9666
www.atelie.com.br
atelie@atelie.com.br

Printed in Brazil   2010
Foi feito o depósito legal

Para José Mindlin
in memoriam

SUMÁRIO

Apresentação – *Barbara Freitag* 9

À Sua Imagem. 13
Botas Ortopédicas. 19
Maria. 31
O Casal 39
À Hora do Jantar. 45
Legítima Defesa 51
O Quimono Vermelho. 55
Os Vizinhos de Cima. 59
Lua de Mel 65
O Ícone 71
Mitos. 77
História Antiga 81
Rita e Pedro. 85
O Quadro. 93
O Presente 99

Dois Dias Antes. 103
A Turista 111
A Barba 115
O Telefonema 121

APRESENTAÇÃO

A autora dessas histórias, em verdade *short stories*, *Kurzgeschichten* em alemão, brinca de esconder com seu leitor. O esconderijo chama-se "banheiro", onde começa ou termina cada uma dessas pequenas histórias de Dirce Cavalcanti em seu novo livro. Este é bem diferente das narrativas pelas quais conheci sua prosa desde *O Pai* (5. ed., 1998) ou *O Velho Chico ou a Vida é Amável* (1998), publicados pela Ateliê Editorial. Em *O Pai*, a filha de Dilermando de Assis, autor corresponsável pela morte de Euclides da Cunha, liberta-se de um pesadelo de sua infância e adolescência, escrevendo, como destaca Antonio Candido em sua apresentação, "com muito talento" uma espécie de "autobiografia".

Conheci Dirce em Brasília em 1975 durante uma exposição sobre as "Carrancas do São Francisco", relatando entusiasmada as aventuras que acabava de viver num dos "gaiolas" fluviais do Velho Chico, em que percorreu os trechos navegáveis do rio "inteiramente brasileiro" e suas cidades ribeirinhas. Devemos a José Mindlin e sua insistência junto à autora o segundo livro de prosa de Dirce Cavalcanti, prefaciando em 1998 o relato de, em verdade, "duas viagens": uma externa, do que viu, e uma interior, em que revela suas emoções e seus pensamentos.

Quando li, pela primeira vez, as *Histórias de Banheiro* que a autora submete agora ao leitor, busquei um fio condutor, seja na forma da narrativa, seja no modo da autora relacionar-se com seu leitor. Mas percebi logo, mesmo sem ser uma crítica literária, que essas soluções levam a um *Holzweg* como diria Heidegger, ou numa versão brasileira, a um bosque sem saída! Pois o narrador não tem idade nem sexo. Às vezes, um menino ciumento de sua mãe, que se casa novamente, relata como lhe foi difícil aceitar os filhos do padrasto, aos quais sua mãe dispensava o mesmo carinho que aos seus filhos biológicos. Outra vez, é um homem em cadeira de rodas que se observa no espelho e relembra as várias ocasiões em que fez sua barba. Por vezes, mais frequentemente, são mulheres que relatam na primeira pessoa episódios de sua vida amorosa, via de regra frustrada. Há também pequenas histórias de um observador externo, que descreve de forma objetiva e neutra o comportamento de seus personagens, como é o caso de "O Casal". Impossível aplicar uma grade temporal ou espacial às dezenove narrativas em que também não parece haver uma sequência temática.

Mas por que cargas d'água Dirce escolheu o título de *Histórias de Banheiro*, quase todas com um final inesperado e surpreendente, e muitas vezes melancólico, pessimista, devastador? Primeiro busquei alguns paralelos das narrativas de minha amiga com experiências pessoais trágicas de sua biografia. Cheguei até mesmo a identificar uma espécie de "afinidades eletivas" entre nós duas. No entanto, qualquer uma dessas aproximações me parecia insatisfatória para desvendar o segredo dessas histórias. Esse encontra-se no próprio título da coletânea *Histórias de Banheiro*, algo que só vim a descobrir em uma segunda leitura: é no espaço do banheiro que tem início, o clímax ou o desfecho trágico de cada uma das *short stories*.

APRESENTAÇÃO

É a única pista que posso dar ao leitor, para que não lhe passe despercebida a trama cuidadosamente montada e secamente narrada pela autora. Não há uma palavra a mais, nem uma letra! Penso aqui numa passagem do filme de Milos Forman, em que o Imperador da Áustria, Franz Joseph II, procura comentar uma das óperas de Mozart tocadas em sua homenagem em Viena: "too many notes". Quais? lhe pergunta o compositor genial, e o Imperador fica lhe devendo a resposta.

Caro leitor, leia com atenção especial "Maria", "O Casal", "O Ícone", "Dois Dias Antes" ou "O Telefonema". Ou simplesmente TODOS! E sempre encontrará a chave do enigma da alma dos personagens, no banheiro.

BARBARA FREITAG

À SUA IMAGEM

Prendeu os cabelos para cima com uma travessa e entrou no banho. A espuma branca e compacta cobriu-a toda. Só a cabeça, apoiada numa toalha na beira da banheira, escapava da nata perfumada. O olhar fixo na torneira à sua frente. A quietude se opondo diametralmente à vibração interior, tão intensa que a deixava assim, paralisada. Depois de uns dez minutos de imersão, levantou-se, enxugou-se e espalhou perfume pela pele macia. Com gestos lânguidos, acariciando-se, sem prestar atenção ao que fazia. No quarto, vestiu-se. Caprichou na roupa de baixo, calcinhas de renda preta, cavadas, provocantes. Sem sutiã. Orgulhava-se dos seios ainda bonitos, apesar de ter amamentado duas crianças. Não vacilou na escolha do que usar. Vestir-se-ia de preto. Porque chovia. E porque de preto poderia esconder-se melhor, mais confundir-se à escuridão. Sentia necessidade disso. Como Eva, depois da maçã, precisaria ocultar-se do Deus que tudo vê e que iria vê-la também e ao seu pecado, ainda por cometer. Sem nada fazer para impedi-la.

Fazia frio. Vestiu um casacão longo, pesado, que encobria o terno de colete, *comme des garçons*, comprado naquela tarde. Negava-se a pensar na importância da decisão que tomara com tanta rapidez. Na súbita coragem com que a cumpria. Não se conscientizara do quanto isso podia mudar sua vida. Nem chegara a ter medo de se arrepender. Negava-se a pensar. Decidida, ia cegamente em frente.

Olhou-se no espelho. A maquiagem bem feita, um leve traço nos olhos, discreta. Sem batom. Saiu do apartamento fechando-o com as duas voltas da chave. Tomou o elevador. Autômata, determinada, como um robô cumprindo a programação. Algum controle remoto a conduzia para um trajeto preestabelecido. Bateu, com estrondo, a pesada porta do edifício.

Fora, a chuva fina pairava, mais do que caía, umedecendo tudo.

Passou um táxi. Ocupado. Outro. Finalmente fez sinal para um que, vazio, parou. Acomodou-se no banco de trás, monossilabicamente respondendo ao chofer, que insistia em puxar assunto. O tempo, as ruas esburacadas de que o prefeito não cuidava, as próximas eleições. Não conseguia prestar atenção ao que o homem dizia. Mandou-o parar numa rua transversal à avenida principal, queria caminhar até o bar onde havia marcado o encontro. Pagou o táxi. O chofer recomendou-lhe que se cuidasse, arriscava-se a ser assaltada, no centro àquelas horas. Realmente, não tinha a menor importância ser assaltada hoje, quando desafiava todos os riscos. Todos os perigos.

Caminhou quatro ou cinco quadras, ouvindo o tacão das botas pela calçada molhada. Um ritmo acelerado, mas firme. Sem hesitações. As pessoas passavam por ela, gente malvestida e estranha, diferente dela e indiferente a ela. Às vezes olhavam-na. Agarrada à alça da bolsa que pendia do ombro, a mão crispada, de náufrago, apertava tanto os dedos, que sentia as unhas cravarem-se na palma. A outra mão segurava o cabo do guarda-chuva aberto, com que se protegia do chuvisco e dos olhares. Se lhe acontecesse alguma coisa, como explicar o que estava fazendo, tarde da noite, naquelas ruas? Mas nada a demoveria. Nada a desviaria daquele projeto. Iria até o fim.

Entrou numa farmácia de plantão. Pediu um pacote de algodão e um vidro de acetona. Para tirar os restos de esmalte que trazia nas unhas. Imperdoável relaxamento. Pagou e, ali mesmo no balcão, sob o olhar do rapaz que a atendera, abriu o pacote, tirou um chumaço de algodão, molhou-o na acetona e limpou meticulosamente o esmalte dos cantos das unhas até que ficassem impecáveis. Depois deixou tudo sobre o balcão e saiu.

Conferiu a numeração dos prédios, verificou que estava perto de onde queria chegar. Atravessou a rua. O bar estaria no outro lado. O dos números pares. Certamente onde havia um toldo sobre uma porta iluminada por um letreiro que piscava, mudando de cor.

Entrou. Muitas pessoas bebiam, riam e conversavam, espalhadas pelas mesinhas ou encostadas ao balcão. Sempre sentia enorme dificuldade para identificar alguém no meio de muita gente. Olhava firme para o rosto dos homens, numa tentativa de reconhecimento, mas era como se uma repentina miopia lhe nublasse a visão. Ou como se os traços que buscava se mesclassem aos outros, desconhecidos. Logo percebeu, ele ainda não estava ali. Encolheu-se, intimidada. Um garçom encaminhou-a a uma mesa vazia, oferecendo-lhe o que tomar. Não quis pedir nada, disse estar esperando uma pessoa. Ao fim de vinte minutos, no retorno do garçom, pediu um campari com gelo. Para justificar sua presença e a ocupação da mesa, para ter o que fazer com as mãos aflitas, mais geladas que o gelo do copo. Depois de outros vinte minutos, levantou-se, perguntando onde era o telefone. Na ponta do balcão. Ninguém parecia interessado nela. Ninguém a olhava. Discou um número e a voz dele atendeu. Atrasara-se por um imprevisto. Mas já estava de saída. Questão de momentos.

Voltou para a mesa, onde reluziam vermelhos, na toalha branca, os reflexos da bebida. Começou a comer compulsivamente os amendoins que o garçom trouxera. Estranho que não conseguisse raciocinar. Agia como se não fosse ela. Cumpria um roteiro. Parecia ter vestido, com a roupa nova, outra pele, a de uma personagem submissa a executar um ritual inusitado e inescapável.

Olhava as pessoas em volta, compondo o cenário, vivendo outros papéis. Via a mulher loura, do outro lado da sala. Bebera e fumara sem parar enquanto esperara alguém, que chegara nos primeiros vinte minutos. Na mesa vizinha, um rapaz beijava apaixonadamente uma moça feia. As feias que desculpem, já dizia o poeta, beleza é fundamental. Duas pastas de documentos pousadas na cadeira vazia sugeriam um encontro depois do trabalho, com certeza. Seis ou sete americanos barulhentos entraram, juntando mesas e arrastando cadeiras para sentarem-se todos juntos. Os garçons iam e vinham com as bandejas onde tilintavam louros copos de chope.

Finalmente ela o viu entrar. Inconfundível agora, a silhueta graúda recortada no quadrado da porta. Procurou-a com os olhos, na penumbra, sem a ver. A um aceno descobriu-a sentada ali. Chegou, roçou-lhe o rosto com a barba grisalha, num beijo rápido, sentando-se ao seu lado. Seu toque eriçou-a toda. Ele tinha essa peculiaridade: sua proximidade provocava-lhe uma descarga elétrica. Levantavam-se-lhe todos os pelos. Secava-se-lhe a boca. As palavras que preparara para dizer escorriam rápidas sorvidas por um bueiro de tenso silêncio. O garçom apareceu com o uísque que ele pedira. Olharam-se. De repente, estranhos. Ela aguardava, hipnotizada, a sequência das cenas, as ordens do diretor invisível. Alguém tinha que dizer alguma coisa. Fazer alguma coisa. Seguir com o roteiro.

– Vamos para um lugar mais tranquilo, onde possamos conversar um pouco? – ouviu-o dizer.

Fez que sim com a cabeça. Ele pagou as bebidas intactas, levantaram-se e saíram. O porteiro abriu a porta do carro para que ela entrasse. O que fez, automaticamente.

As luzes da cidade corriam vertiginosas. Enquanto dirigia, ele falava qualquer coisa sobre o carro. Sobre o apartamento onde morava. Falava de sua preguiça para procurar outro melhor. Ela se sentia flutuar além e acima de qualquer realidade. Saltaram do carro numa garagem subterrânea de edifício. Subiram até o décimo primeiro andar pelo elevador de serviço, cheirando a refogados. Percorreram um corredor comprido terminado num olho mágico. A porta se escancarou para que ela passasse. Dentro, na sala pequena, uma estante cheia de livros. Um computador ocupava completamente a única mesa existente, encostada à parede. Foi sendo levada para o quarto, onde havia uma cama desfeita. As lâmpadas foram acesas e rapidamente apagadas outra vez. Certamente para esconder do seu olhar os dois travesseiros, bem juntos, amassados, denúncia da proximidade das cabeças que neles se haviam recentemente deitado. Talvez estivessem ainda mornos. De relance notou os lençóis amarelos, estampados inusitadamente com flores marrons. Tinham um ar barato, de mau gosto. As luzes da cidade pareciam grudadas nas vidraças, bisbilhoteiras.

Foi beijada, naquela penumbra mais densa do que a do bar, por lábios macios e sábios. No início, uma boca se apertou de encontro à sua. Abriu-lhe os lábios uma língua curiosa e afoita. Depois, o beijo cresceu, avolumou-se além dos limites, sem fim, repetindo mais e mais beijos, devoradores, levando a extremas intimidades. Foi despojada do casacão, do terno, do colete, por mãos hábeis, que lidavam bem com botões e fechos. Jogada ao chão, imaginou, mais do que viu, a calcinha de renda preta, sequer apreciada.

Cumpriu o papel que lhe fora destinado sem pestanejar. Para isso viera. Nada foi dito. Ou se foi, não registrou. Falas de uma comédia sem sentido. Sem ensaios. De única representação. Um *happening*, como era moda agora no teatro.

Quando foi ao banheiro, recompor o rosto, os cabelos, apalpou as toalhas penduradas na haste do boxe, úmidas ainda. Notou o sabonete, já no final, grudado no mármore da pia. Retorcido.

HISTÓRIAS DE BANHEIRO

Mesmo no escuro sentiu o olho duro de Deus que a punia. Viu--se expulsa de um paraíso que nem chegara a possuir. E vulnerável, porque nua. Continuou no escuro, sem coragem de acender a luz. Para não reconhecer no espelho a máscara talhada em desgosto e perplexidade. À sua imagem.

BOTAS ORTOPÉDICAS

Minha infelicidade começou mesmo quando minha mãe casou de novo. Aliás, nem foi aí, foi pouco depois. Primeiro veio o susto, ainda no avião, com o que estava escrito naquela carta que ela leu para nós. Só então soubemos que viajávamos para outra cidade, para outro país, porque mamãe ia casar de novo.

Como saber, aos oito anos, o que é casar? Aquela urgência, aquele excitamento, aquele empenho? Para quê? Tanta mudança? Tudo tão repentino e apressado. Por que ela não podia continuar vivendo como até então, cuidando de nós, brincando conosco, dormindo à mesma hora, como se fôssemos todos crianças? Íamos à praia de manhã, à escola à tarde e almoçávamos com papai todos os domingos, depois da matinê de filmes de Tom e Jerry. Estava tudo tão bom assim.

Quando mamãe nos anunciou seu casamento não me convenci de que aquela fosse uma boa decisão. Jamais imaginara a possibilidade de vivermos uma vida diferente. A minha mal se iniciava no universo reduzido da rua onde morávamos, a uma quadra da praia e a quatro quadras da escola, universo povoado pelos meninos da vizinhança e pelo harém caseiro: minha mãe divorciada, minha avó, duas irmãs, a babá e a cozinheira. Nunca pensei que aquela rotina tranquila pudesse se acabar. Na minha cabeça de oito anos percebia que minha mãe planejara, secretamente, sem o meu conhecimento e sem sequer sondar a opinião dos filhos, um segundo casamento. Que mudava tudo.

A notícia da transferência da família para o outro lado do mundo me descortinara a existência de tantos outros lugares habitáveis de cuja existência sequer desconfiara antes. Viajar. Ela falava disso como de um grande privilégio altamente desejável. Tomaríamos um avião para muito longe. Íamos conhecer outras gentes, morar noutra cidade. Num mundo desconhecido.

Tudo preparado. Malas feitas. Passagens compradas. Chegou o dia da partida. O embarque fora concorrido. Todos os amigos de mamãe na despedida. Vovó ficara em casa, chorando, sem querer ir ao aeroporto. Naquele momento, eu não sabia que com ela deixava mimos e primazias. Já não poderia dizer-lhe:

– Vó, abotoa minha camisa.

– Vó, tô com sede.

– Vó, amarra meu sapato.

De repente vi minhas fronteiras se alargarem pelos ares, desmesuradas. Deixara a praia ardendo, trinta e oito graus à sombra, e chegara ao centro de outro continente onde a neve pintava tudo de branco. Muitos graus abaixo de zero. Achei bonita a neve. Mais parecia montes de açúcar. Branca como a areia da praia. Neve e areia faziam igual ruído quando se pisava nelas. Rangiam. Apertada na mão, a neve virava pedra de gelo. Dava para fazer bonecos e castelos. Como com a areia. A diferença estava em que a neve se derretia. A areia, os castelos, as pontes que eu erguia na praia só se desmanchavam quando a onda vinha, violenta ou sorrateira, alisar-lhes os flancos, dando rasteiras.

Já o céu, ao contrário do céu a que eu estava acostumado, ficava muito azul nos dias de frio mais intenso. Justamente quando o sol iluminava tudo, esplendoroso, em vez de nos levarem à praia, mal nos deixavam sair de casa. O mercúrio do termômetro da janela de vidros duplos descia muito e marcava abaixo de zero. Alcançava os algarismos vermelhos, era – 5, – 10 até – 20. Era-me muito difícil entender tantos mistérios.

Ainda no avião mamãe lera uma carta do homem com quem ia se casar. Nessa carta, explicava para nós, crianças, que viajávamos por isso, porque ela ia se casar. Minha irmã do meio, sabiamente, aconselhara:

– Não se case, mãe, e se não der certo?

Arregalei os olhos, num espanto, cheio de insegurança.

– Se não der certo?

Como? O casamento era feito adivinhação? Feito conta de aritmética, podia não dar certo? E aí? O que iríamos fazer? Começar de novo?

Daquele oceano de neve que cobria tudo, quilômetros e quilômetros, vinham-me à lembrança, monumentais e inatingíveis, as cores da minha cidade, os ralhos e os mimos de vovó, as vozes em língua compreensível dos meninos da nossa rua, os limites infantis daquele território, longínquo e perdido, que tinha sido o meu. Era conservador, como o são as crianças e os cachorros. Não gostava de surpresas, de mudanças. O desconhecido me dava muito mais medo do que prazer.

Uma vez, quando a família estava reunida, uma das minhas tias havia me perguntado o que eu queria ser quando crescesse. Nem parei para pensar. Enchi o peito e respondi petulante:

– Lixeiro.

Manobrar aquele carro devorador, ogro de ferro cujas engrenagens tudo engoliam, tudo trituravam num barulho de profundezas de inferno, de caldeira fervente, parecia-me ser o mais forte dos poderes, o maior que até então eu conhecera. Aquela digestão tonitruante e rápida de qualquer monturo, do conteúdo indiscriminado de todos os sacos e latas de lixo da rua, trazidos às pressas pelas empregadas em algazarra, congregando os vizinhos, alvoroçando todo mundo, tinha que ser importante. Para mim, garoto, o lixeiro era o herói diário de toda aquela revolução. Uma gargalhada acolheu minha confissão.

— Lixeiro? Ora essa! Que ideia!

— Então quero ser rei.

Já os poderes de um rei, por mais abstratos que fossem, eram notoriamente reconhecidos.

— Rei?

As tias já não riram. Aos desejos irrealizáveis ninguém objetava. Logo se cansaram, viraram para o outro lado, conversaram entre si, e me ignoraram. Ninguém mais prestou atenção às pretensões de um menino que oscilava entre ser lixeiro e rei. Já falavam de outra coisa.

Quando eu ia brincar na rua da praia, usava sempre um *short* e nem precisava vestir camisa. Como na história do rei, assim era eu. O menino feliz que não usava camisa. Quando muito vestia um *short* e às vezes calçava um tênis. Outras vezes ficava descalço, pisando no mormaço da calçada.

Para brincar no pátio da casa nova, do outro lado do mundo, eu tinha que me vestir com muitas camadas de roupas grossas e pesadas que me tolhiam os movimentos. Quando íamos para a escola, minhas irmãs e eu percorríamos quatro quadras, como onde morávamos antes. Saíamos pelas manhãs escuras, noite ainda, apesar de já serem nove horas. Nós mesmos tínhamos que preparar nosso desjejum. O que nos enchia de mau humor. Mamãe não se levantava para ajudar-nos. Dizia que éramos grandes agora, tínhamos que ser independentes. Atravessávamos a pé as quatro ruas geladas, disputando com os pombos o bafo quente dos bueiros do metrô. Todos os dias era choro e ranger de dentes para enfrentarmos o frio e a preguiça matutina. E mais a fala totalmente incompreensível dos colegas. A respiração formava cristais que espetavam as narinas como alfinetes. Na volta para casa, também já noite fechada, apesar de serem apenas quatro horas, os pés dormentes, de tão gelados, levavam mais de meia hora para se esquentarem. Os lábios e o nariz roxos. Ouvíamos histórias de congelamentos, gangrenas de frio, gente que ficava com os dedos dos pés insensíveis, pretos, porque o sangue coagulava nas veias e não circulava mais. Histórias como a de outro menino estrangeiro que fora lamber a penugem de gelo do portão de entrada, pensando que fosse sorvete e tivera a língua presa, colada ao portão. Ao puxar a língua, o portão arrancara-lhe a pele, deixando-a em carne viva.

Quando se é criança, qualquer novidade fascina. Mas também passa logo. Se não se inventar outra para substituir, tudo vira cansaço e monotonia. Derrete igual à neve entre os dedos. Eu me sentia numa espécie de prisão, obrigado a viver essa vida, em nada da minha escolha. Não sabia explicar, ou entender, mas me doía estar afastado de tudo o que conhecia e de que gostava, longe de onde me sabia querido e mimado. Um desconforto, uma dor irreconhecível, quase inconsciente, me assaltava. Não sabia sequer o que é sentir dor.

Minhas irmãs se amparavam na vida nova. Eram duas. E mais velhas, com uma diferença entre elas de apenas um ano. Acompanhavam-se. Mamãe exigia de nós muita disciplina, impunha horários para comermos, para dormirmos, estivéssemos ou não com sono. Tínhamos que fazer os deveres e além de todos os que nos exigiam na escola, na difícil língua estrangeira, dava-nos ainda aulas de português, alegando que futuramente muito lhe iríamos agradecer sabermos falar e escrever bem a própria língua.

Minhas diversões eram limitadas e as mesmas: escorregar no gelo, puxar o trenó de outras crianças menores, que também frequentavam o pátio do edifício, fazer bonecos de neve. Os dias, muito curtos, gastavam-se fulminados entre noites intermináveis.

HISTÓRIAS DE BANHEIRO

    Meu padrasto vivia muito ocupado. Durante o dia trabalhava no escritório e à noite, em casa, escrevia um livro. Tratava-nos com extrema amabilidade, mas não afrouxava a delicada distância em que se resguardava. Eu vivia fascinado, querendo chegar perto dele. Ensaiara várias conquistas: correr para apanhar o lápis que ele deixara cair. Tentava fazer as gracinhas, antes aplaudidas por mamãe e vovó, agora consideradas inoportunas. Mamãe me corrigia a maneira de sentar, de comer, de rir. Dizia que eu falava alto demais. Que não devia me agarrar nela quando saíamos. Eu fazia tudo para chamar a atenção. Inutilmente. Só era notado quando agia mal. O que acontecia com muita frequência. Devia apagar a luz quando saísse de um quarto. Devia fechar as portas quando passasse de um cômodo a outro. Devia bater antes de entrar. Devia puxar a água do banheiro quando interrompendo uma brincadeira, viesse correndo fazer xixi. Não entendia por que não notavam meus esforços para ser como desejavam que fosse. Comecei a pensar que jamais conseguiria mesmo me comportar como deveria para ser apreciado.

    O tempo ia passando e ao final de alguns meses estávamos adaptados. Minha irmã mais velha invejava mamãe, que encontrara a felicidade. A do meio, mais parcimoniosa, observava mais. Aguardava para fazer um julgamento, com medo de admirar errado. E eu, tão menino, não tinha competência para avaliar ou analisar coisa alguma. Sentia apenas. Ignorantemente. Desajeitadamente. Logo nosso grupo funcionava como uma família. Cada um aceitara e acertara o seu papel. Sem atritos maiores.

    Dezembro chegara. Para o natal vieram os filhos do primeiro casamento do meu padrasto. Eram menores do que eu. Mamãe preparara os quartos, as camas, brinquedos novos para esperá-los. Grande expectativa no ar. Pela primeira vez desde que chegara eu estava muito contente pensando que, afinal, teria outro menino com quem brincar, para sermos amigos. Sentia-me ansioso por partilhar a casa com ele. Por repartir com ele meus brinquedos.

Na realidade, as crianças menores já haviam estado lá, antes de nós. Sentiam-se, por isso, os donos mais antigos daquela casa invadida agora por nós e por minha mãe. Ocupávamos os quartos e as camas que tinham sido deles. Sem que o soubéssemos, minhas irmãs e eu nos havíamos apossado de tudo o que, anteriormente, havia pertencido aos recém-chegados. Natural que eles encarassem a mulher como a pessoa incumbida de tomar conta deles. Como eu fazia com minha avó distante, pediam à minha mãe:

– Me dê água.

– Lave minha mão.

Mas, a nossa presença não se justificava. Só agora, tantos anos passados, eu percebo como deve ter sido desconcertante, para eles, que, durante sua ausência, nós, as crianças maiores, tivéssemos vindo ocupar o espaço deles. A casa deles. O lugar deles. O pai deles. Só agora percebo o mal-estar sutil e silencioso que se instalou, difícil de se desfazer.

Não entendia por que as coisas tinham mudado. Não entendia por que depois da chegada dos outros não mais se tomava a detestável sopa ao jantar. Sanduíches, ovos fritos, omeletes, cardápios mais do gosto infantil, se sucediam à mesa. As gracinhas feitas pelos recém-chegados faziam rir. Se eu as repetisse, ou acompanhasse, encontrava logo o frio olhar de reprovação de mamãe.

– Não faça isso, meu filho. Você já é grande. Não tem graça.

Comecei a fazer xixi na cama. Acordava cedíssimo, vestia-me sozinho com as muitas camadas de roupas e sozinho descia para o pátio. Minhas noites eram maldormidas e minhas insônias matinais desenhavam manchas roxas em volta dos meus olhos. Grandes cachorros me perseguiam nos pesadelos. Tinha medo de dormir de novo. Assim que ouvia o movimento dos empregados lá embaixo, corria para ajudá-los a limpar a neve, com a grande pá maior do que eu.

Mamãe fazia para os outros meninos coisas que já não costumava fazer para mim: lia histórias antes de se deitarem. O que me era negado. Eu devia ir para a cama às oito horas. Em ponto. Já sabia ler, podia ler eu mesmo as histórias que quisesse. Mas não podia mais sair do quarto. Depois da vinda dos meninos menores, eu continuava tendo que deitar às oito, como sempre, mas os recém-chegados podiam ficar pela casa até caírem de sono. Até mais de meia-noite. Podiam dormir na cama do casal. Eram menores, estavam de férias, passariam pouco tempo conosco, podiam relaxar horários e disciplina. O que não acontecia comigo. E eu não entendia essas coisas.

A casa tinha dois banheiros. O das crianças e o dos adultos. Os recém-chegados podiam usar o dos adultos. Perfumavam-se com os talcos de mamãe. Usavam sua touca de banho, com rendinha em volta, para não molhar o cabelo. Mesmo que não puxassem a água depois de fazer xixi, ninguém brigava por causa disso. Eu ficava observando e anotando tudo o que achava diferente no tratamento que me davam e o que recebiam os meninos menores. Sentia-me desamado e preterido. A angústia do ciúme me subjugava. Mas eu não sabia falar. Não sabia que falar salva. Mamãe fingia não reparar nas diferenças. Logo cresceríamos e tudo não passaria de histórias de infância para contar mais tarde. Queria ter orgulho de mim. Não queria brigar comigo na frente dos outros. Queria que eu fosse um exemplo. Impecável. Achava que tinha que me repreender, quando necessário, tinha que me educar. Só a ela cabiam essa tarefa e essa obrigação. Mesmo que lhe custasse. Minha mãe também não sabia que contemporizar pode ser um pecado maior. Só agora, adulto também, sou capaz de entender isso.

Na casa havia um andar mais alto, um sótão, onde nós, os garotos, brincávamos, protegidos do frio. No enorme salão, podíamos armar o trem elétrico e intermináveis exércitos de soldadinhos de chumbo que marchavam enfileirados. Minhas irmãs e a menina menor preferiam brincar no próprio quarto. Apesar da diferença de idade, ou por isso mesmo, estabelecera-se uma relação de admiração da menor pelas maiores e de condescendência das maiores para com a menor. Penteavam-na, vestiam-na, mimavam-na, e ela, encantada, se deixava tratar como uma grande boneca. Organizavam pecinhas de teatro escritas e representadas por elas mesmas.

Mamãe costurava fantasias para nós, e pintava nossa cara, brincava conosco, ocupando-nos e se ocupando naquele tedioso inverno.

Uma só vez eu me rebelei e explicitamente manifestei minha grande infelicidade. Quando a filha de meu padrasto me empurrou para sentar-se ela no colo de minha mãe. Explodi violento, numa revolta cheia de lágrimas:

– Essa mãe é minha, essa mãe é minha!
– Que é isso, menino? Que grosseiro!

Minha mãe confundira desespero com grosseria. Desespero e impotência. Explosão sem refinamentos e sem disfarces. Revolta incontida. Uma única vez, ao menos. Ela não soubera compreender o que nem eu mesmo compreendia. E ainda ralhara comigo. Saí do quarto engolindo as lágrimas, pisando firme. Eu nunca verbalizava o que sentia. Não externava tormentos nem desesperos. Talvez, simplesmente, nem soubesse reconhecer ou manifestar meus sentimentos.

Enquanto as meninas brincavam juntas no quarto, nós, os meninos, passávamos o dia no andar de cima. Às vezes um descia correndo para ir ao banheiro. E voltava, também correndo, para não perder um minuto sequer da brincadeira.

O menino menor usava botas ortopédicas. Para corrigir o pé chato. Botas reforçadas. Subiam até os tornozelos com os cordões passando por muitos furos, cruzando-se, para se fixarem em um nó duplo. Mamãe demorava a amarrar aquilo tudo. E quando o descalçava, sentindo-se aliviado, ele levantava os pés gordos até o rosto dela e dava gargalhadas enquanto ela dizia:

– Hum, que chulé danado – fingindo que espirrava.

Essa era uma brincadeira que eu a via fazer diariamente. Não me lembrava se, alguma vez, ela a fizera comigo, o filho dela. Queria cobrar-lhe as mesmas atenções, e ela retrucava:

– Você já está grande, meu filho, não vê que não tem graça?
Mas o que eu queria era aquela graça. Feita comigo. Mesmo grande.

Os banheiros da casa tinham dois trincos, um interno e outro por fora, para que as portas jamais ficassem abertas. Um dos cuidados exigidos pelos adultos. E eu era instruído a usar apenas o banheiro das crianças.

Quando, uma tarde, mamãe voltou de uma saída que dera com o marido, trazendo balas e presentinhos para nós, ela me viu no pátio, brincando. Acenei para eles quando entraram. As meninas brincavam juntas, como de costume, no quarto. Procuraram o menino menor para entregar-lhe as balas e não o encontraram.

Meu padrasto encaminhou-se para o banheiro dos adultos. Ouviu estranhos ruídos, gemidos, lá dentro. A porta estava trancada. O trinco externo tinha sido corrido. Apressou-se a abri-la. Encontrou o filho caído no chão, vermelho e inchado de chorar, exausto, soluçando ainda. Arrebentara a sola das duas botas ortopédicas de encontro à porta, descascara toda a tinta e arrancara umas lascas da madeira, tentando arrombá-la. Apavorado, vira-se encerrado no banheiro, quando viera correndo fazer xixi. Chamara, gritara, berrara, implorara ajuda. Ninguém o ouvira. As meninas brincavam longe, no outro extremo da casa, com a porta do quarto fechada. Nada podiam ouvir mesmo. Eu, brincando no pátio, tampouco ouvira nada. Ninguém entendia como o pequeno teria conseguido trancar-se lá dentro. Mamãe se pusera a consolá-lo. Abraçara-se com ele, pusera-o no colo, cheia de dó. Protetora. Era realmente incompreensível o mistério da porta que se fechara por fora. Mas já passara. Enxugara-lhe as lágrimas.

– Não chore mais – ela dizia.
– Vamos brincar. Venha.

O seu amor pelo filho a impedia de desvendar o mistério. De reconhecer em mim o autor da maldade. Muitos anos depois eu lhe confessei a alegria triunfante que me inundara naquele dia. O meu ciúme desesperado. O prazeroso cuidado com que assistira, aquela única vez que fosse, ao sofrimento, sempre tão meu, alojar-se no outro menino. No outro menino, medo e insegurança, martirizante impotência, total desvalia. Costumeiramente meus.

MARIA

– Pô! cara, se tu fica aí nessa cama, sem reagir, tu vai mesmo acabar morrendo! Trata de comer bem e de pensar positivo. Doença tá é na cuca da gente. Se tu não começa a dizer que vai viver, tu te acaba mesmo. Vamos, mais uma garfada só, come!

Contraste enorme entre o garotão que falava sem parar, agitado e divertido, que chegara dois dias antes, e o rapaz a definhar na cama. O filhinho de papai, bonitão, queimado de praia, bem-vestido, bem-nutrido, e o baiano, mulato claro, barbado, magrinho, franzino. Os dois ali deitados, no mesmo quarto de hospital.

O garotão chegara algemado, acompanhado por policiais troncudos, brutamontes mal-encarados, mais parecendo bandidos. Postaram-se de cada lado da porta, exigindo identificação de quem entrasse. Vindo da prisão, acusado de vários crimes, segundo a linguagem policial, o "elemento" (o garotão) fora apreendido passando cheques falsos, armado e, na "ocorrência", ainda haviam encontrado cocaína no carro dele.

Amigos da família conseguiram transferi-lo da cela comum para o hospital de aidéticos da cidade. Na prisão corria o risco de, claro e bonito, ser currado pelos outros presos ou de ser morto, se descobrissem ser portador "daquela" doença. Partilhava agora o quarto e os dias com o baiano.

O garotão tinha um cacoete: quando gostava muito de alguma coisa, dizia – isso é *exchelente* – pronunciando exageradamente o x. Mas agora, ao deparar com seu companheiro, naquele estado, achava que a troca da cela da prisão pelo quarto do hospital não tinha sido tão *exchelente* assim. Para quem sofria do mesmo problema, expor-se ao contágio das temidas infecções oportunistas era um risco maior do que permanecer na prisão comum, mas na companhia de presos sadios. Ele respirava ameaças naquele ambiente onde os vírus pululavam. Sobretudo pelo uso do mesmo banheiro. O banheiro era a grande armadilha para um contágio que só poderia lhe ser fatal. O baiano estava nas últimas. Tinha uma diarreia incontinente, vomitava o que comia e mal conseguia se pôr de pé. E sofria, ainda por cima, de muitas dores de cabeça, que faltavam enlouquecê-lo. A doença o atacava por todos os lados, sem misericórdia. E o garotão temia, com toda razão, uma contaminação imediata.

Quando o novo paciente chegou, os dois se olharam com hostilidade. Mundos muito diferentes juntados à revelia pelas circunstâncias. Mais se encolheu o doente terminal na cama, intimidado e irritado ante aquele sujeito de aparência saudável e tão cheio de vitalidade. O que viria um cara desses fazer? Será que estava mesmo mal ou inventara o pretexto da temível enfermidade para escapar da prisão? Os médicos, ao examiná-lo, não disfarçaram o mau humor. Tão poucos leitos para os pacientes em fase final, e esse, em muito bom estado ainda, ocupando um deles. Sem falar no risco a que ele próprio se expunha. Era duplamente absurdo conservarem-no no hospital.

Passados os primeiros momentos, depois de lhe tirarem as algemas, de lhe vestirem a bata branca de algodão grosso, o recém-chegado recostara-se na cama alta, remexendo-se sem parar. Depois de alguns momentos, não aguentou a tensão e quebrou o gelo.

Perguntou há quanto tempo o outro estava ali. Há quanto tempo estava ruim. Que tratamento lhe estavam dando. Deu palpites na dosagem dos remédios. Entendido. Contou que tinha escrito para um médico americano que fazia pesquisa e que se correspondera durante meses com ele. Sabia de tudo sobre a doença e o que sobre ela se descobrira até então. Que não era muito. Sabia tanto, podia discutir com qualquer doutorzinho que aparecesse. Como é que tinha se contaminado? Sexo ou droga? Encabulado, pouco a pouco, a saca-rolhas, o baiano foi lhe contando a história.

Tinha sido chofer de caminhão. Fazia transporte de mercadorias pelo Brasil todo. Conhecia todas as estradas como a palma da mão. Foi quando casou com Maria que o drama começou. Não suportava passar meses longe dela, viajando. Antes, até gostava daquela vida errante, conhecendo muito mundo, dormindo com uma mulher aqui, outra acolá. Depois, não. Queria era voltar logo para casa. Por mais que levasse doze, quatorze horas, e às vezes até mais, dirigindo, para entregar a carga o mais cedo possível, mesmo assim era forçado a esperar dias, até que outro carregamento lhe fosse entregue, para não retornar com o caminhão vazio. Isso se tivesse a sorte de não haver nenhum acidente pelo caminho. Chuvarada, inundação. Ou de não ter que consertar os desacertos do caminhão. Se um pneu furasse, por exemplo, às vezes furava um, logo depois outro, tinha que esperar horas por socorro, sem estepe, sem borracheiro por perto, contando apenas com a ajuda de algum caminhoneiro solidário que passasse. Antes de nascer-lhe a primeira filha ainda podia levar Maria com ele nas viagens mais longas. No final da tarde paravam à beira da estrada, montavam o fogareiro de querosene, armavam a rede e ele descansava enquanto Maria fazia uma comidinha gostosa. Dormiam os dois agarradinhos no beliche do caminhão até o sol chegar. Aí seguiam pelos caminhos. Parecia até que estavam em casa, os dois sempre juntos. Mas depois ficou impossível. O bebê recém-nascido não aguentava viajar. A mãe tinha que ficar, cuidar dele.

Muitos companheiros tomavam drogas para se manterem acordados horas seguidas. Drogas fortes. Passado o efeito, se sentiam abatidos, mas enquanto elas agiam, redobravam-lhes as forças. E aí, numa das paradas, com outros caminhoneiros, experimentou a droga por primeira vez. Gostou. Aliviava aquela falta danada que sentia da Maria. Dava mais ânimo, dirigia mais tempo, não sentia cansaço e até a saudade da mulher parecia amenizada. A droga esvaziava a cabeça. Expelia os maus pensamentos antes de dormir e aquela sensação de levitação que experimentava era quase uma anestesia. E, gostando, foi tomando cada vez mais. E mais seguido. Veio o vício. No começo, maconha, depois o pó que cheirava com delícia e sofreguidão. Depois... Depois o pico, e sabe Deus mais o quê.

Maria notou as mudanças de comportamento do marido. Tentou de todos os modos desviá-lo daquele caminho. Preocupava-se a cada vez que ele tinha de viajar. Mas ele não ouvia o que a mulher dizia. Ficava brabo, brigava com ela. Depois se arrependia. Até que, como o baiano não desistisse das drogas, e ela jamais aceitasse acompanhá-lo no vício, se separaram. O baiano sofreu demais. Maria também. Se já não sabia viver sem ela pelo pouco tempo da duração das viagens, imagine-se ficar separado para sempre! Depois de meses de solidão, de agonia, num esforço danado, sobre-humano, com a ajuda de um centro espírita, conseguiu a força de parar com a droga de vez. Completamente. Voltaram a viver juntos. Felizes como nunca, os dois. Os três, que logo depois foram quatro. Nascera outra menina.

Foi então que as dores de cabeça começaram. Cada vez mais violentas. Chegavam a cegá-lo enquanto dirigia. Tinha que encostar o caminhão numa borda de estrada e esperar que aquele mal-estar passasse. Tomava muitos comprimidos. Com o tempo não faziam mais efeito. Foi emagrecendo. Um dia a dor foi tanta que perdeu os sentidos e o caminhão despencou barranco abaixo. Foi recolhido e hospitalizado, para cuidar de uma perna quebrada e muitas escoriações. A companhia em que trabalhava despediu-o: caminhão e carga, inutilizados. Durante os exames que fizeram para determinar a causa do acidente, nos exames de sangue, mais precisamente, descobriram o HIV positivo. Era mesmo Aids. O vírus tinha atacado o cérebro. Citomegalovírus. Um nome importante. Megalomania – não queria dizer mania de grandeza? Tinha a ver com o vírus, grandeza e força destruidora. Em seguida teve uma pneumonia. E agora também os intestinos estavam mal. Nada parava no estômago, vomitava tudo o que comia. Tinha peso de menino, trinta e oito quilos. Pele e osso.

    O garotão animava-o. Conversava com ele, contava piadas. Quando precisava ir ao banheiro, levava-o no colo, limpava com as próprias mãos a imundície que o outro fazia, quando não conseguia reter a diarreia que lhe escorria pernas abaixo, inundando o xadrez verde e branco dos ladrilhos. Sabia os riscos que corria, mas queria mitigar o constrangimento do companheiro. Patinhavam na gosma escorregadia. Várias vezes o rapaz teve mesmo que suspender o corpo magro do baiano, erguê-lo do chão do banheiro e pegá-lo nos braços para repô-lo na cama. Sabia o risco que corria, naquele banheiro estaria sua perdição. Mas não tinha coragem de deixar o sofrimento do baiano sem socorro.

– Tu não pode te render, ô "meirmão"! Tenta comer. Tenta. Tu vai melhorar, tu vai ver. Só mais uma garfada.

    Como se faz com criança, até comida na boca tentava dar. E dizia ao baiano que se segurasse, que o vômito era tudo da cuca. O outro sorria triste. Dizia que desde que o garotão tinha chegado começava a se sentir melhor, mais forte, mais animado. Quem sabe aguentaria vivo até descobrirem algo bom para curar mesmo a bandida da doença.

    Todos os dias a família do baiano vinha vê-lo. A mãe velhinha. Um irmão. Os dois não escondiam o desconsolo e o medo de chegarem e não o encontrarem mais com vida. Os olhos da mãe lacrimejavam permanentemente. Lágrimas que, sem correrem, não secavam. A mulher também vinha vê-lo. A Maria. Maria era realmente uma mulher e tanto. Muito moça, clara, de fisionomia tranquila, determinada. Tinha uma postura de gente fina. Falava corretamente, articulada e senhora de si. Grandes olhos e longos cabelos pretos. Trazia, às escondidas, na bolsa-sacola, pacotes de frutas, de cigarros, coisas proibidas de entrar no hospital. Comidinhas caprichadas, feitas em casa, que pudessem dar a ele algum prazer, mesmo que vomitasse depois. Vestida pobremente, quase sempre calça *jeans* e uma camiseta limpa, bem lavada, que devia ser do marido. Com calma fazia tudo para animá-lo, como se não duvidasse de suas chances de sobreviver. E ele se iluminava quando a mulher chegava. Cobrava notícias das crianças, às vezes chorava, dizendo que sabia que não as veria mais. Era bonito de ver os dois juntos. O carinho e a dedicação dela, a tristeza e a paixão dele. O terror de sentir-se prestes a morrer e deixá-la sozinha. O remorso maior, a dor mais insuportável, no entanto, para durar além-túmulo, era a de ter contaminado Maria. Ao descobrirem a doença dele, a mulher e as crianças tiveram que fazer exames também. Na mulher e na segunda filha, o exame de sangue acusara o vírus. A menina nascera soropositiva. Maria se dividia entre os dois hospitais, o infantil, onde a filha ia-se acabando aos poucos, e o do marido. Por isso não passava o tempo todo com ele, alternava os dias de visita. Sempre corajosa e digna, sem se lamentar, como se nada daquilo estivesse acontecendo.

    O garotão, apesar do medo das infecções do companheiro de quarto, não dava a perceber os seus temores e o ajudava, quando ficavam sozinhos, em tudo de que precisava. Os policiais olhavam espantados para aquilo e relaxavam a vigilância. Esperava-se que o juiz concedesse autorização para que o preso cumprisse a pena em casa. Cada vez mais os médicos pressionavam pedindo a sua saída, alegando que o caso não era suficientemente grave para ocupar um leito necessário e disputado por tantos doentes terminais.

A amizade entre dois doentes foi crescendo e, ao fim de vários dias, quando o garotão foi liberado, sob custódia de um parente, devendo cumprir prisão domiciliar, a despedida foi triste. Até os policiais choraram. O baiano dizia que com o amigo ia toda a esperança. Ele o ajudara muito a ter ainda um pouco de alento, mas sabia estar no fim. Não se veriam mais. O garotão convictamente reafirmava a teoria de que ele só estava mal na cabeça e que tinha de reagir. Prometeu que viria visitá-lo assim que obtivesse permissão do juiz para sair de casa. O baiano que se cuidasse e esperasse, tudo tinha que dar certo.

Dez dias depois, o garotão obteve licença para uma consulta, uma nebulização que tinha que fazer, e correu ao hospital. Levava numa sacola os cigarros que o amigo gostava de fumar, frutas e cocadas pretas, dessas compradas nos tabuleiros das baianas, que vira Maria levar sempre para o marido. Ao sair do elevador, ansioso, as enfermeiras do andar, surpresas em vê-lo de volta, disseram que o baiano tinha sido mandado para casa, para morrer no meio dos seus. O que acontecera dois dias depois da saída do hospital.

Agarrado à sacola com os presentes inúteis, o garotão ficou parado, triste e perplexo. Maria ou ele próprio, quem seria o primeiro a rever o baiano?

O CASAL

Os dois caminhavam num passo lento, apoiados um no outro, sem que se pudesse saber ao certo quem sustentava quem. Na mulher, vista de costas, salientavam-se as cadeiras largas, repuxadas para cima invadindo a cintura, os ombros caídos sob algum peso invisível e os tornozelos, que a saia deixava à mostra, finos, nodosos como raízes. Usava meias e sapatos pretos. Os solados grossos e o tacão largo faziam pensar em sapatos de homem, amarrados por cadarços. Tinham a frente de macio couro trançado e rangiam ligeiramente a cada passo. Enfiava o braço direito no do marido, enquanto o esquerdo mantinha junto ao corpo um volume, uma bolsa talvez, da cor dos sapatos. Os cabelos, presos de um lado por uma travessa de tartaruga, cortados retos, naturalmente ondulados, nem pretos, nem brancos, haviam amarelecido com o passar dos anos. Alguém já disse: "après un certain âge toutes les femmes blondissent…".

O homem, magro e fibroso, era do tipo de homem que o tempo suga e encarquilha. Todo rugas e preocupações. Os óculos redondos, de aros pretos e finos montados no nariz ossudo acompanharam o embranquecer da cabeleira intacta. Tinha mais leveza no andar do que a mulher, mas alguma coisa parecia contê-lo. Cuidado e hesitação freavam-lhe os passos. Como se, apesar dos óculos, não visse bem onde pisava e procurasse o lugar adequado para colocar o pé. Ou como se o próprio pé não aguentasse seu pouco peso e ele temesse pousá-lo desavisadamente no chão irregular.

Iam os dois agarrados um ao outro. Silenciosos. Depois de muitos anos um casal não precisa de muitas palavras. Tudo já foi dito entre eles, opiniões, dúvidas, concordâncias e desacordos. O silêncio se instala, persistente e cômodo, envolvendo o total conhecimento do que o outro sabe, gosta, pensa, sente. Não só as palavras, os olhares também escasseiam. Mal se olham, tanto já se viram. Conhecem-se bem. E ao mundo que os rodeia. Caminham desinteressados do que se passa ao redor. Os pensamentos, sim, os ocupam. E as irregularidades e os buracos das calçadas.

Agora voltavam a estar sós. Como no começo. Ela e ele. Tantas histórias comuns de permeio, juntando e separando os dois. Histórias dos filhos, dos desgostos e frustrações que causavam. Ela sempre os defendendo. Ele, crítico, desiludido, amargo. O filho mais velho fora trabalhar noutra cidade. O mais moço também. Um terceiro morrera. O quarto era um boêmio sem redenção. Preferiam nem falar neles. Para melhor adormecerem as decepções. Das filhas, uma, viúva. Outra, separada do marido. A terceira dera um mau passo. Só uma se mantinha bem-casada e tranquila. Os netos lhes traziam alegrias, mas na idade em que estavam, provocavam também muito cansaço sua agitação permanente e os desmandos permitidos pela educação moderna.

O casal morava numa chácara fora da cidade. Mangueiras quase centenárias, jaqueiras e pés de jambo rodeavam a casa modesta a que se foram acrescentando cômodos à medida que os filhos nasciam.

Nos domingos de sol reuniam o que restara da família embaixo das copas das árvores, para almoços infindáveis, que ela se esfalfava em preparar. Os pratos fumegantes passavam por cima da meia porta da cozinha, das mãos que os tinham preparado para as mãos que os colhiam e colocavam na mesa. A sombra da folhagem bordava uma renda movediça na toalha branca, enquanto os meninos maiores ficavam espantando as moscas e os passarinhos, à espera que todos se sentassem nos bancos compridos e toscos, de cada lado da mesa, para começarem a comer. Os velhos pais ficavam nas cabeceiras, presidindo a refeição. Era o único dia em que a casa se enchia de animação. Apesar de tudo, do barulho, da trabalheira, de ter que disfarçar o mau humor do marido, ela gostava disso. De ter os seus à volta. Galinha-mãe, como ele a chamava com ironia. Essas reuniões, a ele, desagradavam mais do que davam prazer. Irritava-se facilmente com as discussões que sempre surgiam entre os filhos e ficava tonto com a zoeira dos netos. Só voltava ao normal quando todos tinham ido embora, os carros cheios de frutas e verduras da chácara.

Durante a semana era sempre ele quem se levantava primeiro, madrugada ainda. Acendia um fogo no fogão de lenha e coava, no saco de flanela bem curtido, um café forte, que tomava antes de fazer a barba. Com a água quente que sobrava na chaleira de ágata enchia uma cuba de cobre e preparava a espuma para untar o queixo usando o pincel macio que um dos filhos lhe trouxera de fora. Depois, a navalha afiada ia abrindo sulcos no creme branco do sabão até que toda a barba fosse meticulosamente escanhoada. Com isso ela ganhava mais meia hora de sono. Essa história de que com a idade dorme-se menos, não é verdade, tinha sempre muito sono de manhã.

O banheiro da casa, no fim de um corredor, fora instalado num cômodo reformado alguns anos antes. Ladrilharam o chão, instalaram uma pia e um vaso sanitário, para maior conforto. Mas o banho era tomado, mantidos os antigos hábitos, na tina arredondada, de metal dourado, com quatro pés em forma de garras, encostada à parede. Um lado mais alto, recortado como as bacias dos salões dos cabeleireiros, permitia apoiar a cabeça enquanto se ficava mergulhado na água morna. Uma antiguidade. Desde os primeiros tempos do casamento ela lhe preparava o banho, esfregava-lhe as costas e o ajudava a se enxugar.

Naquele dia tinham vindo cedo da chácara para a cidade, para uma consulta médica. Na verdade para buscar o resultado de exames feitos pelo marido. Depois de tirar-lhe a pressão, de ouvir-lhe o coração e os pulmões, de apalpá-lo, de ler atentamente a papelada e olhar contra a luz as radiografias, o doutor a chamara de lado para confiar--lhe o diagnóstico, enquanto o velho repunha a roupa. Atendia ao pedido dela de, no caso de ser algo grave, poupar a ele o conhecimento do seu estado, do fim penoso que pudesse lhe estar reservado.

O diagnóstico caíra como uma condenação: câncer. E adiantado já. O pouco de vida que lhe restava seria um agravar-se constante de dores e agonias que nem a morfina poderia amenizar. Daí lhe vinha a dificuldade para andar. Para urinar. Para sentar-se. Para mover-se. A mão firme da morte não o largaria mais. Questão de meses, quem sabe quantos.

Tomaram o trem de volta para casa. Os dois velhos ensimesmados. Quase uma hora de viagem. A paisagem correndo pela janela. Ela, com o martelar da má notícia nas têmporas, calada, de olhos fechados, fingindo sono. Ele, meio que adivinhando o que não ousava perguntar.

Saltaram na estação cheia de gente. Tomaram um carro de aluguel, como faziam sempre, para chegar à chácara. Tudo continuava igual. Como quando haviam saído naquela manhã.

Jantaram a sopa de verduras, sobra da véspera. Tomaram um chá com torradas e, depois da louça lavada, sentaram-se os dois na sala, ouvindo o noticiário no rádio antigo, de tampo oval e pequeno mostrador iluminado de verde, onde um ponteiro indicava as estações. Outra peça de antiquário. O crochê se espichava veloz entre os dedos dela. Pouco depois ele desligou o rádio e retomou o livro que estava lendo. Quase não se queixava da dor que o incomodava.

Ela percebia que o livro se fechava de vez em quando. Ele respirava fundo, mudando de posição para acomodar-se na almofada de veludo que cobria o assento da cadeira de balanço. Passavam-se assim as noites. Rotineiramente.

Antes de se deitarem, quase às onze, ele voltou a ligar o rádio. Subiu num banquinho para dar corda no relógio de parede. Ao corrigir o ponteiro dos minutos, impulsionou-o demais e passou do algarismo romano desejado. Recomeçou a operação, girando os ponteiros com o dedo indicador, pousando a polpa do dedo no mostrador, à espera que o relógio anunciasse, com as badaladas sonoras, as doze horas e as meias horas do dia que estava por vir. Ele sempre dizia que retroceder os ponteiros poderia quebrar o mecanismo. Enquanto ela achava que adiantá-los assim seria anular as horas do dia seguinte, ainda por viver. Como se fossem vividas em branco.

Deu a ele o remédio para as dores, que também o ajudava a dormir. Deitou-se quieta, atenta aos gemidos do marido, até que estes se confundiram com um ressonar pesado, efeito do medicamento. Continuou acordada, ouvindo o ronco arrítmico que mais parecia o de um velho motor rateando. Não saberia dizer quanto tempo. A ideia de perdê-lo assustava-a menos do que a previsão do sofrimento inevitável. Sabia que ele jamais se queixaria. Espartano, era contra seus princípios deixar-se abater. Ponto de honra sofrer sem dar parte de fraco. Finalmente, ela mergulhou num sono cheio de pesadelos, dos quais emergia aos sobressaltos, para, sentindo-o ao lado, tranquilizar-se e voltar a sonhar maus sonhos.

De manhã levantou-se exausta, como se não tivesse dormido. Custava-lhe enfrentar o dia. O outro lado da cama estava vazio. Vestiu o penhoar de flores miúdas e amarrou o cinto. Perdera peso nas últimas semanas. Bocejou. Olhou o despertador. Quase sete horas. Calçou as chinelas e sentiu no calcanhar direito a alfinetada aguda do reumatismo.

Na casa silenciosa, nenhum ruído. Mesmo os pássaros pareciam ausentes naquela manhã. A caminho da cozinha não ouviu água correndo, nem o chiado da chaleira anunciando a fervura. Encontrou fechada a porta serrada ao meio, que dava para fora. O marido tinha o hábito de abrir a parte superior e, por cima dela, acariciar os cachorros, que pulavam e ganiam de satisfação ao vê-lo.

Atarantada, chamou-o. Primeiro para o lado de fora, mesmo sabendo que não teria saído, se a porta estava ainda fechada. Encaminhou-se depois até a sala. Vazia. Pressentimentos suspeitos impeliram-na para o último cômodo da casa. Tropeçando nas chinelas, numa pressa súbita, chegou ao fundo do corredor e esbarrou na porta do banheiro. Trancada. Chama por ele:

– Rodrigo, Rodrigo, meu velho!

Nenhuma resposta. Grita por ele. Nada. Joga-se contra a porta, uma, duas, várias vezes, usando o peso do corpo como força demolidora, até que o gancho se rompe e ela se precipita para dentro.

Primeiro vê os pés magros, alongados, levitando acima do chão, saindo das calças do pijama listado. Subindo o olhar depara com o corpo dele. O corpo como um trapo, pendurado pelo pescoço por uma corda de estender roupa atada à trave do teto. No chão, o banquinho, em que na véspera subira para acertar o relógio.

Não tem coragem de olhar para o rosto, para os olhos que devem estar esbugalhados, para a língua fora da boca aberta, num último estupor. Ajoelhada no chão, dobrada sobre si mesma, vê pingar, como quando o ajudava no banho a secar as costas, as gotas que lhe escapam dos olhos, copiosas.

À HORA DO JANTAR

Casei-me com uma mulher ciumenta. Muito ciumenta. Apaixonada por mim. E eu por ela. Sentia-me endeusado, incensado, quando ao passarmos por alguma garota que me desse uma olhadela que fosse, ela se encrespava, e fazia crescer o meu ego com seus acessos de ciúme. Isso me divertia, me excitava, me fazia totalmente escravo seu. Não que eu ficasse provocando ciúmes, sempre fui discreto, e não vivia paquerando ninguém. Mesmo porque era apaixonado por Cristina. Mas acontecia, às vezes, ser notado por uma mulher, e se estivesse acompanhado pela minha, era sempre um espetáculo à parte o seu comportamento. Muitas vezes brigamos por causa disso, e muitas vezes nos rimos muito com as loucas reações que qualquer desconfiança podia lhe suscitar.

Com o passar dos anos, a coisa tornou-se cada vez mais intensa. Ela foi perdendo a cerimônia e ficando mais agressiva, tomando atitudes que me deixavam, no mínimo, totalmente sem graça. Sentia-se insegura com os meus desagrados e protestos, e aquelas mesmas atitudes que antes me encantavam, começaram a me exasperar com os exageros a que chegava. Quer eu lhe desse razão ou não.

Resolvemos passar umas férias fora, numa praia do Nordeste, verdadeiro paraíso, com o intuito de retomarmos aquele clima de paixão em que tinha começado o nosso casamento e que andava resvalando para a hostilidade dadas as agressões injustificadas da minha mulher, e a impaciência, e até mesmo a revolta, que os ciúmes dela passaram a me causar.

Escolhemos pela internet uma pousada paradisíaca à beira do mar, Pousada Água Azul. Fizemos uma reserva e para lá fomos, cheios de boas intenções, para esquecer nossas brigas e restaurarmos nosso relacionamento. Como que para embalar nossas esperanças, nos tocou o chalé número 13 – o número da sorte – foi o que logo dissemos.

Na recepção nos entregou a chave uma mocinha, filha da dona da Pousada, cheia de trejeitos, suave Iracema, com olhos igualmente de mel e cabelos longos e negros como as asas da dita graúna. Falava com o indisfarçável sotaque nordestino, abrindo as vogais e arrastando as sílabas tônicas. Tudo o que dizia era sorrindo, abaixando um pouco a cabeça, como que encabulada, altamente sedutora na sua tímida doçura.

Só de vê-la, Cristina crispou-se toda. Antevendo o que podia se passar logo de chegada, apertei-lhe o braço e disse-lhe, fazendo-lhe um carinho:

– Lembre-se do que nos prometemos ao virmos para cá.

Ela me olhou, os olhos bem arregalados, mas sorriu-me de volta e respondeu:

– Fique tranquilo! Prometo que vou me comportar bem.

Tomamos posse do nosso chalé, agradabilíssimo, com um pequeno terraço de onde se viam a praia e o mar. O vento sacudia os coqueiros, e trazia o cheiro morno da maresia.

O quarto era enfeitado com redes de pesca, e dentro delas, conchas gigantes e bolas de vidro de tamanho variado. Coloridos peixes de madeira nadavam no ar, um móbile pendurado do teto. Tudo alegre e de bom gosto. Acolhedor.

Aproveitamos ainda o sol, passando o resto do dia na praia. Voltamos quase à hora do jantar, refeição servida na Pousada, além do café da manhã. Comemos uma deliciosa moqueca, com farofa de dendê, valorizada pela cerveja muito gelada. Ficamos nós dois, como nos velhos tempos, de mãos dadas por cima da mesa, olhos nos olhos, nos sentindo muito próximos e contentes, o brilho da vela acesa refletido no de nossos olhos.

O tempo foi passando na Pousada Água Azul e tudo corria lindamente. As férias eram do que estávamos, na verdade, precisando. Quinze dias só nós dois, longe das crianças, do trabalho, da casa, do que fosse responsabilidade nossa, ali postos em sossego, naquele paraíso praiano.

E a cada dia Cristina ficava mais bonita. Os cabelos clareavam com o iodo do mar, contrastando com a pele, amorenada, naquele tom moreno dourado pelos pelos dos braços e das pernas, que o sol fazia mais louros. Foi se restabelecendo o antigo fascínio que nos devolveu horas de louco prazer, altamente compensadoras, como no começo do nosso amor.

Embora não fossem muitos os hóspedes, como houvesse apenas um garçom na Pousada, a moça da recepção ajudava a servir o jantar. Quando passava por nós, levando ou trazendo os pratos para a nossa e para as outras mesas, espalhava um cheiro bom de maçã verde. Perfume do Boticário, que minha mulher gostava de usar também. Um cheiro, para mim, muito associado a Cristina.

A moça da recepção era quem sempre nos servia, docinha e meiga, rebolando seu traseiro bem feito, acentuado pela cintura fina, desnudada naquela faixa de pele entre os *jeans* muito justos e a camiseta curta. O redondo dos seios espiando pelo decote apertado da malha. Os olhos de Cristina seguiam-na mais do que os meus. Ela, mais atenta aos encantos da beldade local, do que eu mesmo.

O restaurante da Pousada era uma construção rústica, no meio dos chalés, e para ele convergiam os hóspedes à hora do jantar. Por trás do restaurante, havia um banheiro forrado de espelhos, com uma única porta que se abria para o jardim, disfarçada por uma sebe, um biombo verde.

Durante o jantar daquele dia, exatamente o da véspera de nossa partida, minha mulher levantou-se e se dirigiu ao toalete, levando a bolsa, como fazia sempre. Pouco tempo depois, a moça Iracema, que servia às mesas, deixou a bandeja no balcão e saiu. Passando por mim, sozinho, me disse com um sorriso dengoso:

– Tô indo.

Não entendi bem o que ela queria dizer com isso, mas, distraído, concordei com a cabeça. Fiquei me perguntando, afinal, o que tinha eu a ver com ela? Que ficasse ou que se fosse? E para onde?

Continuei tamborilando o ritmo da música encanada que tocava baixinho, enquanto me perguntava onde andaria minha mulher, estava demorando. Pedi outro café, assinei a fatura e me levantei, para sair em busca de Cristina. Esbarrei com ela na porta, de volta ao restaurante.

– Nossa! Você demorou! Já ia lhe procurar. Por onde andou?

Estava agitada e, rindo muito, foi me puxando para o nosso chalé, eu atrás dela, atônito, sem entender nada.

Quando chegamos ao quarto me contou, às gargalhadas, o que acabara de fazer: pagara ao rapaz que entregava bebidas na Pousada para telefonar à moça Iracema, e dizer-lhe, como se fosse eu, o hóspede do chalé número 13, que fosse ter comigo no banheiro por trás do restaurante, naquela noite, à hora do jantar.

À hora marcada, minha mulher foi para o toalete, munida de uma tesoura grande, e quando a moça Iracema entrou, esperando que eu a seguisse, quem encontrou foi Cristina, que fechando rapidamente a porta, se aproveitando da surpresa da moça, tirou a tesoura da bolsa e cortou-lhe um bom pedaço dos cabelos, na altura do pescoço, sem dar tempo a ela de fugir ou de se proteger. Eufórica dizia que a havia castigado pelos olhares melosos que a moça me lançava sempre que me via, e, mais que tudo, por ela ter prontamente atendido ao chamado, supostamente meu, para encontrar-me no banheiro do restaurante. Essa era a prova de que estava interessada em mim e disposta a fazer qualquer coisa comigo, mesmo na véspera de nossa partida.

Francamente, eu não sabia se devia rir ou chorar. Cristina se abraçava comigo, exultante, dobrando-se de rir, descrevendo a cara da pobre Iracema, que perdera seu maior encanto, os cabelos negros que lhe desciam pelas costas quase à cintura fina, cortados de qualquer jeito pela tesoura inclemente de minha mulher. Enquanto eu, inocente, era o pivô dessa história de ciúme, mais uma. Junto com a tesoura, ela tirou da bolsa uma larga mecha, perfumada a maçã verde, da cabeleira de Iracema. Não vi mais a moça. Tive pena dela, como iria explicar a asa cortada da graúna?

Cedo, na manhã seguinte, na recepção, era o garçom que atendia. Paguei a conta e fomos para o aeroporto pegar nosso voo de volta a casa, onde Cristina guardou ainda por muito tempo, dentro de um vidro, o seu troféu.

LEGÍTIMA DEFESA

O bar na pracinha da pacata cidade de interior estava cheio. Muita gente bebericava pelas mesas e ao redor do balcão, tomando uma pinga ou a cervejinha dos sábados.

 O alarido da freguesia amortecia a voz da televisão ligada. Mal dava para ouvir o que diziam as figuras coloridas que se alternavam na telinha. Já terminara o jogo de futebol que mantivera presa a atenção da turma ali reunida. Hora e meia de tensos silêncios e expectativas interrompidos por – Oh!s – de decepção ou gritos entusiasmados incitando os jogadores a chutarem a bola num – Gol! – quando ela lograva passar rente à rede. E mais entusiastas, brados de alegria selvagem, quando a bola ia rede adentro, a despeito dos esforços do goleiro.

 A essa hora da noite, pela sala enfeitada com garotas da página de centro de velhas Playboys, alguns homens jogavam baralho. Volta e meia, cresciam as vozes numa discussão mais acirrada, a zoeira aumentava. Ou cascateavam gargalhadas denunciando uma boa piada.

 O único garçom, um velho magro, vestido em um avental comprido e sujo de muito uso, com as tiras que davam volta à cintura para serem amarradas na frente, atendia com preguiça aos chamados, procurando no bolso fundo o troco para os clientes que liquidavam as contas, na esperança de uma gorjeta maior. Tinha as unhas negras e os dedos da mão direita manchados de sarro de cigarro. A tosse seca e os dentes amarelos denunciavam nele o fumante inveterado.

A não ser pelas luzes e pelos ruídos do bar, a praça vazia estava silenciosa e calma. Em um dos bancos de pedra, sob a pérgula perfumada pelos jasmins, sentava-se um par de namorados.

Quebrando a descontração do fim de semana, num repente, um mulato grande, forte, atravessa a praça correndo, entra e pulando por cima das cadeiras dos frequentadores assustados, dirige-se para os fundos do bar, aos berros de:

– Onde é o banheiro? Onde é o banheiro?

O garçom aponta para a porta verde, ilustrada pelo lado de dentro com nomes de pessoas, corações entrelaçados e desenhos obscenos. O recém-chegado mergulha no retângulo minúsculo. Fecha a porta com estrépito antes mesmo de acender a luz. Devia estar muito necessitado, com essa pressa toda. As pessoas riem dele, divertidas.

Mal refeitos da surpresa, um carro uiva ao redor da praça e para frente ao bar, numa freada brusca. Dele se precipita, sem mesmo fechar a porta atrás de si, com o mesmo ímpeto do primeiro, outro homem:

– Onde está ele? Onde está ele?

Antes que alguém responda, descobre o paradeiro do mulato, saca do blusão de *jeans* um revólver e descarrega-o através da porta fechada, gritando impropérios e palavrões. Com mais um tiro estilhaça o trinco que a mantém trancada. A porta se abre e aparece o corpo do mulato caído dentro do banheiro, o torso de lado, a cabeça inclinada, encostada à parede, a mão direita boiando na água do vaso sanitário. Está morto. O sangue espirrou à sua volta acrescentando novos desenhos que escorrem, vermelhos, pelo verde da porta. O homem suspende o corpo do mulato por debaixo dos braços, retira-o de dentro do cubículo. Rebusca com afã pelas roupas do morto. Procura alguma coisa que não encontra. Continua vociferando:

– Ele queria me matar... Ele estava armado... Ameaçou estuprar minha mulher... O filho da puta... Queria me assaltar, roubar meu carro... Ele estava armado... Onde escondeu a arma, esse miserável?

Com esforço arrasta o pesado fardo para fora, onde uma mulher chora, apavorada, num ataque de nervos. Abre a traseira do carro e atira o cadáver na mala. Senta-se ao volante, liga o motor, contorna outra vez a praça, no sentido contrário ao em que viera. Os pneus cantando alto nas curvas.

É tudo muito rápido, como nos filmes violentos da televisão. Uma momentânea paralisia imobiliza os fregueses. Depois, como se despertassem todos ao mesmo tempo da hipnose coletiva, dão-se conta de que ninguém teve coragem de se aproximar do sujeito em fúria. De impedir-lhe a fuga. Poderia ter ainda alguma bala na agulha. Mas agora que desapareceu, é preciso tomar uma atitude. Uma providência.

Telefonam para a polícia. Demora muito a chegar. O casal já deve estar longe. Teve mais do que tempo para se afastar.

As testemunhas alvoroçadas relatam o que acabaram de presenciar. Cada um conta detalhes que o outro omitiu, ou não percebeu. Os policiais embarcam no carro cujas luzes frenéticas não pararam de girar. A sirene retoma o ulular aflito. Saem, também numa arrancada brusca, disparando pela cidade, em perseguição ao criminoso. Enveredam pela principal rua a desembocar na praça. Não encontram rastro algum do carro com a bagagem macabra. Claro. Já deve ir longe. Fazem voltas, percorrem caminhos e, numa viela, não muito distante, topam com o cadáver do mulato jogado na sarjeta. Revistam-no. Não traz documentos. Nenhuma identidade. Pouco dinheiro no bolso. Mais parece algum traficante ou delinquente malsucedido. Veste uma camiseta surrada. O sangue que jorrou dos vários buracos de bala já está seco, estampando-a num batique escuro.

Os policiais consideram o caso como a eliminação de mais um elemento nocivo que lhes foi poupada. Dão o assunto por encerrado. Decidem que o matador, inatingível, agiu em legítima defesa.

Mesmo se provado que o mulato não estava armado.

O QUIMONO VERMELHO

Era um desses quimonos japoneses de seda vermelha. A manga de corte quadrado, alongada verticalmente, vivia suja. Arrastava-se pela mesa se o braço que a vestia se esticava para alcançar um prato do outro lado. Lambuzava-se de manteiga, de molho de carne ou de feijão, conforme a refeição.

O quimono tinha nas costas caracteres negros bordados à máquina. Só para iniciados. Como um carimbo. Ou marca de gado. Diziam alguma coisa desconhecida, vida longa, fortuna, felicidade? O significado escapava ao parco entendimento de sua dona. Faziam-na lembrar da história da amiga que comprara um medalhão numa loja de antiguidades. Uma belíssima placa de metal dourado que exibia sobre os suéteres escuros. Era sempre elogiada, sempre provocava interesse, sobretudo o masculino, que se permitia sem constrangimentos estender-se à apreciação do busto 44, bem formado, que a sustentava. Até o dia em que conheceu um chinês, a quem pediu que lhe dissesse o que significava aquele ideograma. Perguntou-lhe ele, meio encabulado, se nunca haviam lhe dito o que estava gravado ali.

Não, mas encantada estava agora de encontrar quem pudesse, afinal, decifrar a mensagem tanto tempo intraduzível. O que era? Uma frase de amor? Um ditado? Um juramento? Uma maldição? Dizia apenas: eu sou uma prostituta de Xangai.

Jamais cobrir-se com o desconhecido. Com o ignorado. Pode ser o opróbrio alheio e o próprio. Mas o quimono era de uso interno. Para amanheceres preguiçosos, tardios despertares feriados, para as horas moles dos dias parados, quando depois do banho quente se perfumava e deixava-se acariciar pela sua seda. Para intimidades e prostituições caseiras.

A fazenda fina e delicada era como uma segunda pele escorregadia, mal presa pela faixa amarrada na cintura. A qualquer gesto se entreabria e denunciava a verdadeira, bronzeada, realçada pelo vermelho vivo. Às vezes, indiscreta, mostrava também o tufo no meio do corpo, pretume macio, triângulo empinado qual pipa presa pelo escorrido risco que separava as coxas. Assim como os lunares sob os seios. Depois do banho, os cabelos molhados pareciam negros e se misturavam aos caracteres bordados nas costas do quimono. Subia do corpo lavado e regado à água de colônia um cheiro ácido e quente. O banheiro ficava cheio de vapor perfumado, os espelhos apagados de neblina. E toda vez que vestia o quimono pensava no que estaria escrito às suas costas, que ela olhava sempre, mas não conseguia decifrar.

Saber olhar é como saber ler. Depois que se aprende nunca mais se volta à inocência primeira. Nunca mais se consegue desligar o botão do conhecimento. Lê-se tudo o que passa sob os olhos. E com os olhos vê-se, tudo. Mesmo o que não se quer ver. O que é feio. Ou o que choca. O que fere, o que tenta, o que agride, o que seduz. Tudo, pelos olhos adentro. As pessoas. A paisagem. O carro que passa. O céu por trás dos vidros da janela. A chuva. A beleza de alguém. Um pássaro e seu ninho. Outros olhos. E o casto triângulo peludo, quente e úmido como o bafo do vapor, na entreperna da mulher que sai do banho recendendo a perfume, vestida num quimono vermelho mal amarrado na cintura por uma faixa. Casto e venenoso como uma aranha agarrada nela. Os cabelos molhados se confundem aos caracteres negros bordados nas costas do quimono. Quem saberia decifrá-los? Ela levanta os braços para se pentear e as mangas verticais se abrem como asas. Pássaro. Sente-se pronta para o voo. Alçada a rapina do desejo.

Assim ela saiu do banheiro e o encontrou sentado na cama. O homem, recostado na cabeceira da cama, lê. Imperturbável. Nos olhos dele não há mensagens. Os olhos que leem sequer se levantam. Tampouco atenta o homem para o cheiro incendiando o quarto. Tem o olfato pouco desenvolvido. Ele lê. Alheio às elipses dos seios ou ao triângulo acolchoado do sexo. Os óculos corrigem a vista cansada. O cansaço da vista. E os tantos outros cansaços?

Assim ignorada, a mulher volta ao banheiro. Pela porta entreaberta ele mal ouve um barulho de água outra vez. É tarde, hora de dormir. Levanta-se, põe o livro na mesa de cabeceira. Bebe um gole de água, veste o pijama e vai fazer xixi. Surpreende a mulher montada no bidê, gozando com o chuveirinho do banheiro. As pontas das mangas roçam no chão molhado. Então, ele, que tanto lê, se dá conta de que ainda não descobriu o que está escrito nas costas do quimono.

OS VIZINHOS DE CIMA

Insuportável o barulho que faziam os vizinhos de cima. Exatamente por cima do quarto de dormir. O casal, que há pouco se mudara, já havia reclamado muitas vezes com o porteiro, com o síndico, mas aquilo sempre se repetia. Todas as noites. E o pior é que, todas as noites, depois de ser acordado em plena madrugada, a irritação que isso provocava impedia de voltar a adormecer. O mau humor resultante do descanso interrompido crescia, esticava-se dia a dentro, prejudicando a paz doméstica e o ânimo para o que quer que fosse.

Recém-chegados a Paris para passar quatro anos, marido e mulher haviam procurado um apartamento confortável e bonito. Naquela cidade se impunha viverem em um dos belos prédios antigos, com salas de pé-direito alto, paredes enfeitadas com espelhos, grandes janelas, venezianas que se abriam dobrando-se duas, três vezes, como que se enrolando em si mesmas. Sonhavam com um apartamento típico do século XIX. De preferência que tivesse as tradicionais sacadas com grades de ferro forjado, de onde se pudesse descortinar vistas estupendas, verdadeiros cartões postais. A procura tinha sido muito seletiva, baseada na exigência de que o prédio se situasse nos bairros chiques, em volta da Torre Eiffel, da Notre Dame, do Arco do Triunfo ou perto de uma das famosas pontes sobre o Sena. Eles queriam, uma vez vivendo em Paris, usufruir de tudo o que essa oportunidade podia lhes oferecer.

A corretora os levara para visitar mais de trinta apartamentos. Nenhum satisfizera plenamente. Um tivera a cozinha destruída por uma explosão de gás, o que obrigaria a praticamente reconstruí-la, embora fosse espaçoso e tivesse ótimos quartos. Outro, perfeito em termos de suas necessidades, anunciava um quarto, na verdade inexistente, tão pequeno era, mais parecia um armário. Um terceiro, muito antigo, escuro e encardido, há trinta e oito anos não era pintado. Apesar do bom preço, requeria grandes reformas, o que os inquilinos não estavam dispostos a fazer num imóvel que sequer lhes pertencia. E assim, as muitas possibilidades foram sendo descartadas.

Quando a senhora da agência imobiliária levou-os para ver este, dizendo que não chegara a ser anunciado, seriam eles os primeiros a visitá-lo, se entreolharam, esperançosos. Ficava em local nobre, na avenida que ligava o Arco do Triunfo ao Bois de Boulogne. Era uma construção do século XIX. O apartamento ficava no último andar. Podia-se alcançá-lo subindo por uma bela escadaria, ou tomando um elevador muito lento, pequena gaiola dourada, que só permitia acesso a duas pessoas por vez.

Além da beleza da construção, o apartamento era, longe, o melhor dos que eles haviam visitado. Dispunha de quatro quartos confortáveis, e de uma quantidade de armários embutidos, coisa rara nas moradias parisienses daquela época. Todos os cômodos que davam para frente do edifício apresentavam as desejadas sacadas, em vez de janelas. Delas, olhando-se para a esquerda, via-se o Arco do Triunfo e para a direita, a avenida ajardinada cujo final se perdia no Bois de Boulogne.

Outra coisa única, que muito os agradou – cada quarto tinha um banheiro. Esses apartamentos antigos mal dispunham de uma sala de banho e de um único gabinete sanitário – o *toilette* – para servir a todos os habitantes da casa. O edifício, construído na esquina de uma pequena rua, era em forma de L e no bojo desse L ficavam as garagens. Realmente, o apartamento correspondia a todos os requisitos dos futuros moradores.

Madame Renard explicou-lhes que os proprietários eram americanos, daí as suas peculiaridades. Alugaram-no imediatamente. E tão logo chegada a bagagem, acomodaram dentro dele os móveis, distribuíram os quadros, ocuparam os armários com seus objetos, e tudo ficou tão bonito, que se sentiam realmente privilegiados de morar ali.

Já na primeira noite, no meio da madrugada, haviam ouvido o ruído que vinha do teto, mas estavam tão cansados da exaustiva tarefa de acomodar a mudança, que acabaram dormindo outra vez. O problema se avolumou nas noites seguintes, a ponto de se tornar insuportável, quando uma semana mais tarde, já começando a entrar em desespero, descobriram que o barulho era produzido por uma família de portugueses que alugara o quarto de empregados, a *chambre de bonne*, situada bem em cima do quarto deles: pai, mãe e um menino de cinco anos, Victor. Já os haviam encontrado no elevador de serviço. O garoto era vivo e engraçado, rosado, roliço, com grandes olhos espertos. Perguntaram-lhe em francês como se chamava, e pela resposta descobriram logo as origens lusitanas. A pronúncia carregada era inconfundível:

– *Je m'appelle Biktor.*

Descobriram ainda que o pai, chofer de táxi, acordava de madrugada para trabalhar, e o filho, despertado também, brincava com bolinhas de gude ou carrinhos em miniatura, que, ao rolarem de um lado a outro pela madeira do assoalho, se chocavam nas paredes. O ruído infernal dos brinquedos deixara os novos moradores absolutamente em desespero. Mais até do que o arrastar do sofá-cama e o tranco que repercutia, como se dentro do próprio quarto, ao fecharem-no.

A mãe do menino fazia faxinas pelas redondezas e era contratada também para servir jantares nas residências das proximidades.

Resolveram os recém-chegados propor aos vizinhos de cima atapetarem a *chambre de bonne*, de modo a amortecer um pouco aquele despertador indesejado. Chegaram a fazer um orçamento para se acercarem deles já com uma proposta concreta e irrecusável.

O casal começara a ser convidado para jantares e coquetéis tão logo o marido assumira o posto. O que lhes permitia conhecer muitas pessoas, francesas e estrangeiras. A vida social se prometia intensa.

Um fim de tarde, o sol ainda alto, estava a mulher tomando um banho de banheira, descansando, para se preparar para uma dessas saídas, quando chegou o marido, muito agitado, com ar de tragédia, dizendo-lhe:

– Não olhe pela sacada, não chegue na sacada. O menino caiu lá embaixo. A polícia já foi chamada.

Ao contrário da recomendação recebida, ela pulou imediatamente, enrolou-se num roupão e ainda com a toalha amarrando os cabelos como um turbante, abriu as portas da sacada do banheiro, e olhou para baixo. Na faixa cimentada do jardim, deitado com os braços abertos em cruz e os grandes olhos refletindo o céu, estava o Biktor. Morto.

As lágrimas impediram-na de ver mais. Entrou, aos prantos. A polícia tocou, pedindo para verificar se havia algum traço do menino na sacada do banheiro. Só então se aperceberam de que sim, ele deixara uma pequena poça de sangue e, como um carimbo, o desenho da sola do tênis que calçava. O que fazia supor que escorregara da janela da *chambre de bonne*, pela inclinação do telhado de ardósia, e caíra no chão da sacada. Erguera-se, como provava a marca da sola do tênis, e não se sabe por que razão, talvez estonteado ou ferido da queda, tentara retornar ao seu quarto, subindo na beirada da grade, e caíra, estatelando-se lá embaixo.

A mulher chorava. Total desalento. Sentia-se culpada. Duplamente culpada. Com remorso da raiva que sentira do menino, que fazia barulho sobre sua cabeça, o que agora lhe parecia a menor das coisas, e, mais ainda, o que mais a desesperava, por não ter percebido o que estava acontecendo, ali, ao lado. Nada ouvira de suspeito. Provavelmente, com a água correndo na banheira, o baque do corpo do garoto se mesclara aos ruídos da rua. Inaudível. Não se perdoaria nunca: teria podido impedir a morte do menino, se o tivesse ouvido cair. Abriria a porta, conversaria com ele, far-lhe-ia um carinho, um curativo e mais tarde o reencaminharia ao andar de cima.

O chofer saíra de madrugada, como de costume, e ainda não havia voltado para ficar com o filho, enquanto a mãe, contratada para servir um jantar numa casa dos arredores, mesmo preocupada por deixá-lo sozinho, tivera que sair, recomendando-lhe muito que ficasse bem quieto, vendo televisão, que o papai já vinha. Mas o garoto resolvera olhar a rua, à espera do pai. Chegara-se à janela da mansarda com uma cadeira e, trepado nela, se debruçara demais. Perdera o equilíbrio e tombara pelo telhado de ardósia, inclinado como um escorrega, caindo na sacada do banheiro. Depois, certamente aturdido com a pancada, tentara subir na grade, como as marcas do sangue comprovavam, para alcançar sua janela, e despencara num voo vertical até lá embaixo. Caíra de costas. Com a surpresa e o susto ainda nos olhos arregalados e nos braços abertos. O Biktor.

O casal continuou morando naquela casa, até o final do contrato. Mas acabara-se o prazer de viver ali. Ficara tudo infestado de amargura e de tristeza. A cada vez que usavam o banheiro principal o fantasma do Biktor lhes aparecia, com seus olhos meninos de anjo barroco, virados para o céu.

LUA DE MEL

Entrei no banheiro, onde umas poucas jarras de água estavam dispostas para nosso uso. Essa era toda a água de que dispúnhamos, mal dava para lavar o rosto e escovar os dentes. Sem falar na necessária para puxar a descarga. Muito constrangedor. Não ter água corrente numa noite de lua de mel! No hotel de luxo que mamãe havia cuidadosamente reservado para nos acolher. Além da tragédia que era para mim a falta de água nessa noite especial, sentia-me em pânico: dentro daquele quarto, com o homem com quem acabara de me casar e que, na verdade, eu conhecia tão pouco! Parecia-me, nesse momento, um completo estranho. Trancada no banheiro, minha vontade era voar para o meu quarto de menina, ficar sozinha e só encontrar-me com ele no dia seguinte, de banho tomado, lavada e fresquinha, vestida numa roupa nova, das muitas que engordavam as malas com o meu enxoval, para irmos a um cinema, ou darmos um passeio, coisas que durante nosso namoro nos haviam sido negadas pela oposição que meus pais a ele faziam.

Ali, sentada naquele banquinho branco, pus-me a rever cena por cena, tudo o que vivera naquele dia que findava mal: vinte de outubro, data do meu casamento, quando, para meu horror, arrebentara um cano e o hotel em que nos hospedávamos ficara sem água.

Vivia eu os meus dezoito anos, despreparados e ignorantes, saída havia pouco de um colégio de freiras, só para meninas, em que era obrigada a tomar banho vestida numa camisola de fazenda grossa e escura, para não cair na tentação de ver meu próprio corpo nu. Era pecado feio, contra a castidade. Predestinação certa ao inferno. Meu noivo tinha vinte e quatro. Trabalhava numa companhia cuja sede ficava em outra cidade. E era dono de uns olhos azuis zombeteiros e conquistadores. Não fui a única a cair por eles. Era-lhe fácil conquistar as mulheres. Alto, bonito, um belo exemplar de sedutor. Até acho que gostava mesmo de mim, pelo menos quando nos casamos. Quando nos prometemos amor eterno. Nosso namoro durou quatro anos. Sempre distantes, nos falávamos pelo telefone, nos escrevíamos longas cartas. Ou quando ele viajava para vir me ver, muitas vezes ficava ele de pé, na esquina, e eu, na janela do meu quarto. Tínhamos que nos contentar com alguns minutos de mútua contemplação. Sem o necessário convívio ou conhecimento um do outro. Envelopes pesados, repletos de palavras apaixonadas, iam e vinham diariamente. Há pouco tempo ainda reli essas cartas, ainda as tenho guardadas. E eram realmente de muita paixão. Escrevia-me cheio de desejo e de carinho, o que me fez acreditar que realmente me quisesse. Eu ainda não tinha ideia de quão precárias são as juras – para sempre – dos amantes.

Naquele dia vinte de outubro, papai, convalescendo de um infarto que quase o matou, tomou meu braço e me levou até o altar enfeitado de ouro e branco, onde segundo ele, ia imolar a filha. Caminhava lentamente, não só pela dor que ainda sentia no peito, mas também por sentir como se estivesse se dirigindo a um matadouro. Casei-me na igreja então na moda, a do Sagrado Coração de Jesus.

Antes de sair de casa, frente ao grande espelho do armário de meu quarto, papai segurou-me as mãos de encontro ao peito, e pediu-me que desistisse – ainda era tempo de desistir. Claro que aquilo me aborreceu. Não entendi a insistência dele, até à última hora, em tentar impedir que eu me casasse. Só bem mais tarde compreendi o que ele queria dizer. Ele sentia, mais que sabia, que meu noivo não poderia ser um bom marido para mim. Éramos muito diferentes e nos conhecíamos muito mal. Nossos encontros rápidos e fortuitos, quando ele estava na cidade, tinham sido à saída do colégio, no final das cerimônias do mês de maio, em que eu ia rezar o terço na igrejinha do bairro, ou durante a compra corrida de alguma coisa de que mamãe estivesse precisando para a cozinha. No começo, então, foi uma troca de olhares incandescentes, sem oportunidades para grandes conversas. Depois, nossos encontros se restringiam às raras conversas, às cartas diárias, escritas sempre em momentos exclusivos em que deixávamos falar o coração.

Nesse dia vinte de outubro chovia muito. A escadaria que levava ao portão se transformara em pequena cascata, a água escorrendo apressada de degrau em degrau. Para não enxovalhar – engraçado, agora me ocorreu: será que enxovalhar vem de enxoval? – a cauda do vestido, três metros de cetim branco, mamãe mandara forrar as escadas com lençóis, por onde desci com cuidado para não escorregar. Meu vestido com gola de renda e botõezinhos forrados com cetim abotoando a blusa na frente, tinha um decote em ponta que alongava meu pescoço. Eu me achei muito linda dentro dele.

Ao chegar à porta da igreja, procuramos as alianças, e só então nos demos conta de que as havíamos esquecido, guardadas na caixinha de veludo azul, dentro do meu quarto de solteira. Tia Julita, sempre pressurosa, pronta para tomar conta de tudo e de todos, com medo das muitas pessoas estranhas que haviam invadido a casa, usualmente tão calma, deserta e, nesse dia, cheia de presentes preciosos, ao sair para a igreja, trancara o quarto. Temia, talvez, que um dos garçons da

Colombo, então a melhor fornecedora de doces e salgados da cidade, pudesse tirar qualquer coisa enquanto lá estávamos.

Tive que esperar, dentro do carro, que alguém da família voltasse em casa para buscar os anéis. Mas a tia fechara a porta do quarto à chave e levara-a na bolsa. Não foi possível recuperá-la. Para não atrasar mais a cerimônia, um dos garçons emprestou a aliança de ouro para o noivo, um aro fino já bastante amassado e mamãe cedeu-me a dela. Assim, as que eram nossas jamais foram abençoadas.

Pouco me lembro das palavras do padre, do sim balbuciado por mim e pelo meu noivo de belos olhos azuis. Os cumprimentos foram na sacristia, quando pude reconhecer, porque mais de perto, todos os que vinham nos abraçar e desejar felicidades.

Tia Julita havia também bisbilhotado na maleta do noivo, queria assuntar, se ele tinha um pijama especial para a noite. Preocupado, temeroso de que ela fosse achar seu pijama comum demais para a ocasião, o noivo fechara à chave a maleta onde estavam os pertences que mais tarde iria levar para o hotel.

Depois da festa, do champanhe bebido, olhos nos olhos, braços entrelaçados, de partir o bolo de vários andares com o casalzinho em cima, das fotografias, dos cumprimentos, mudamos de roupa e discretamente deixamos a festa e fomos para o hotel. No grande hotel de luxo, o Serrador, no centro da cidade, apesar de todo o luxo, faltava água nesse sábado, vinte de outubro.

Fui a primeira a ocupar o banheiro, onde me deixei ficar pensando nessas coisas todas, sentada no banquinho. E ali despi meu *tailleur* de viagem, e meti-me na camisola branca, de rendas e bordados, por baixo de um penhoar igualmente bordado e cheio de rendas. Entreabri a porta, devagarzinho, sem coragem de sair do banheiro, e fiquei espiando o que fazia o meu noivo. Sentado na cama, ele lutava desesperadamente para arrombar os fechos da maleta, onde devia estar o pijama. Fechei a porta sem fazer ruído, sentei-me de volta no banquinho, e resolvi esperar mais um pouco. Pelo jeito, ele estava tão aflito às voltas com as fechaduras, que talvez desejasse mesmo que eu me demorasse mais tempo. Depois de uns longos minutos, entreabri a porta de novo, bem de mansinho, apenas o suficiente que me permitisse ver o que se passava dentro do quarto. Ele havia se deitado, e estava coberto com o lençol até o queixo. Nesse momento, olhou para a porta do banheiro, e surpreendeu-me espionando-o. Parecia tão constrangido quanto eu. Chamou-me. Fui em sua direção. Sentei-me à beira da cama. Disse-me, então, entre sorrindo e aborrecido:

– Tanto sua tia falou que acabei sem poder abrir a maleta para tirar o meu pijama lá de dentro. Não sei onde deixei a chave. E não consigo arrombá-la. Vou ter que dormir sem pijama...

O ÍCONE

Estava eu de passagem por Moscou, hospedada num hotel imenso, na maior avenida da cidade, à margem do rio Moskva. Era inverno e a neve cobria tudo. As grades dos portões, os detalhes das fachadas, os batentes das janelas, os galhos das árvores, tudo era ressaltado pelo branco, dando à paisagem uma impressão de limpeza e de candura. Branco reluzente e imaculado que solidificava a água do rio e mantinha a forma corredeira da onda, encapuchava o topo dos postes, das luminárias e das cúpulas de ouro das igrejas do Kremlim. A neve seca se acumulava maciamente pelos cantos, cobria as calçadas, os bancos das praças e, por vezes, pairava no ar, poeira cristalizada, resplendente aos fracos raios do sol.

O hotel em que me hospedava era amplo e oferecia aos hóspedes quartos mobiliados com uma quantidade absurda de móveis antigos e desconexos. Alguns se pareciam aos famosos Biedermeyer, os móveis alemães de madeira clara, muito em moda nos séculos XVIII, XIX. No quarto que me fora destinado, na verdade, uma suíte com quarto e sala, pude contar dezessete cadeiras e poltronas diferentes. Sem falar na presença até de um piano-armário, totalmente desafinado.

Os corredores eram dia e noite observados. Cheios de portas, eram permanentemente vigiados por mulheres graúdas e autoritárias, acomodadas por trás de uma mesa colocada no ponto de onde melhor pudessem verificar tudo o que se passava em cada andar. Ocupavam-se as senhoras em anotar, em grandes livros de capa preta, quem entrava, quem saía, quem levava pacotes, malas, quem recebia pessoas, que pessoas poderiam ser, se locais ou estrangeiras, a que horas chegavam, quanto tempo se demoravam, a que horas saíam... Atentas a tudo para reportar depois às autoridades.

Sabedor do meu interesse por antiguidades e, em particular por ícones russos, um amigo que eu encontrara às vésperas da viagem e que vivera em Moscou, me recomendara que não deixasse de visitar as *comissiones*. Assim se chamavam os antiquários, onde se expunham, a preços muito acessíveis, objetos antigos entregues por populares para venda. Sempre se encontrava alguma coisa interessante. Esse amigo reunira uma magnífica coleção de samovares, e outra de sopeiras da Companhia das Índias, que fora comprando pouco a pouco, nos quatro ou cinco anos em que morara na então União Soviética.

Informei-me no hotel e obtive o endereço de uma dessas *comissiones*, a mais próxima. Para lá fui andando, deslizando no gelo das calçadas, sentindo os ombros contraídos de frio e as pernas trêmulas de tanto me equilibrar no chão escorregadio, com medo de cair. Protegi minha cabeça com um gorro de lã grossa, tendo o cuidado de enrolar o cachecol pelo pescoço, levantando-o à frente do rosto. A respiração criava cristais muito pequenos dentro das narinas dando-me vontade de espirrar. Quase não sentia as extremidades, o nariz, as orelhas, e mesmo as mãos, calçadas com luvas de pelica, enfiadas nos bolsos do casaco. Os pés, endurecidos pelo frio dentro das botas forradas, levavam-me num passo miúdo e desajeitado, como se não fossem meus.

Já havia caminhado uns poucos quarteirões quando uma senhora gorda metida num grande capote preto, um lenço de lã amarrado sob o queixo por baixo do chapéu de pele, cujas abas desciam-lhe de cada lado da cabeça, ao me olhar, abaixou-se e segurando na mão enluvada um punhado de neve, esfregou-a no meu rosto, no pouco que aparecia entre o gorro e o cachecol. Ela ria e falava comigo, mas eu não entendia o que estava dizendo. Depois soube que as pessoas locais notam quando uma mancha branca se instala na pele de quem passa, por falta de irrigação sanguínea, devido ao frio intenso. E antes que se transforme numa gangrena, o passante se abaixa e apanha um punhado de neve, usando-a como areia ou lixa, para esfregar na placa esbranquiçada do rosto alheio, e, assim, reestabelecer a circulação.

Continuei meu caminho e finalmente encontrei o que procurava, no andar térreo de um prédio cinzento, baixo e feio, com grandes janelas de vidros duplos. Entre um e outro, o gelo desenhava paisagens, árvores, plantas. Pareciam imensos aquários. Através da vidraça vi alguns objetos antigos. Entrei. Ao abrir a porta, um pequeno sino de metal a ela preso anunciou minha chegada. Uma mulher moça ainda, com as bochechas vermelhas de camponesa saudável, desejou-me *dobrii dien*, bom-dia em russo e me sorriu. Parecia gorda, como a maioria das mulheres que tinham passado por mim na rua. Nesses lugares em que o inverno alcança temperaturas exageradamente baixas, é difícil saber se a mulher é gorda mesmo ou se o acúmulo de muitas camadas de roupa as faz parecer assim. Falava mal inglês. Quase nada. Indaguei-lhe se tinha ícones para vender e pedi-lhe que me mostrasse também uma ou outra coisa, um Buda de marfim, meia dúzia de xícaras de porcelana, expostas pelas prateleiras. E, por curiosidade, pedi ainda que me mostrasse um samovar guardado numa vitrine baixa, quase à altura do chão. Parecia precioso, de prata lavrada, com uma coroa ducal gravada no meio, logo acima da torneira. Explicou-me, como pode, mais com gestos do que palavras, seu funcionamento. Coisa que eu já conhecia. Era uma linda peça que não poderia comprar, pois ao partir de Moscou não consentiriam que a levasse comigo. Era proibido aos estrangeiros tirar do país ícones, objetos de prata ou qualquer coisa cujo valor artístico ou comercial implicasse revenda no Ocidente com o intuito de lucro.

A mulher mostrou-me em seguida, dois ícones. Um, recoberto de prata Fabergé, e outro, parecendo mais antigo, apenas pintado, com uma imagem de Nossa Senhora de Vladimir que a chama de uma vela votiva tarjara de preto, provavelmente queimando por muitos anos sempre do mesmo lado. Examinei-os sem entusiasmo. Depois andei à volta, em busca de algo que realmente despertasse minha cobiça.

Foi então que a moça, depois de entreabrir uma porta que dava para os fundos da loja e espiar, como que à procura de alguém, chegou-se a mim e me fez sinais para segui-la. Tomando-me pelo braço encaminhou-me para uma escada de madeira, velha e suja, dando-me a entender que no subsolo eu teria mais o que ver. Segui-a pelos degraus estreitos e me vi num cômodo cimentado, mal-iluminado, pintado de cor indefinida. Havia ali uma única porta, por onde ela me empurrou, cobrindo-a depois com o próprio corpo para me impedir a saída.

Era um banheiro. Se é que se poderia chamar assim o quadrado com uma lâmpada mortiça que mal deixava ver um vaso rachado e sem tampa, de louça encardida, tendo ao lado, espetado em um arame pendente de um prego na parede, um maço de quadrados mal-cortados de jornais velhos, à guisa de papel higiênico. Era tudo o que continha o cubículo. Alguns desses pedaços já utilizados, amassados, se amontoavam num canto do chão. Uma infiltração lembrava um mapa-múndi no teto, e o cheiro de umidade ou de urina velha, cheiro de muito uso sem o necessário asseio, entrava pelas narinas, asfixiando quase. Rapidamente, a mulher fechou a porta atrás de si, correndo o ferrolho. Encostou-se nela, obviamente para que eu não pudesse escapar. Comecei a ficar em pânico. Mal entramos, ela levantou o avental marrom, de alças cruzadas nas costas e a me olhar fixamente, encarando-me calada, como se quisesse me engolir com os olhos, levantou também uma saia grossa que encobria uma outra saia de baixo, que, por sua vez, escondia as coxas gordas vestidas com meias de lã que atingiam quase as virilhas.

Eu estava atônita, em desespero, pensando apavorada:

– Deus meu, o que quer essa mulher comigo? Vai me assaltar sexualmente? Como sair dessa?

Abaixou um pouco o que eu supus que fosse uma calcinha, melhor dizendo, uma enorme calça feminina, feita de pano grosseiro, que lhe cobria a barriga flácida até a cintura. E, lá do fundo, ainda morno do contato com aquele ventre, retirou um ícone, de uns vinte centímetros, recoberto com pérolas barrocas, uma verdadeira preciosidade. Agarrava minha mão, queria que eu o pegasse, o examinasse, o sentisse, o comprasse, que o metesse sob meu casaco, e para se fazer entender, rebuscava com a mão livre as minhas roupas, procurando onde eu poderia melhor escondê-lo. Talvez por dentro de minhas calças, ou de minha calcinha, como ela mesma o escondia. Cochichava e gesticulava e gemia. Pela gesticulação pude perceber que o ícone lhe pertencia. Queria vendê-lo e eu tinha caído dos céus – a compradora ideal. Não lhe era permitido oferecê-lo na loja, normalmente, como os outros à venda. Era proibido usar a loja para vender objetos que pertencessem aos vendedores. Consegui deduzir ainda, na agitação de sua mímica silenciosa, que no fundo da casa havia um fiscal observando-a e tomando conta de tudo o que se passasse na loja. Se descobrisse o que estava acontecendo dentro daquele banheiro, a faria pagar caro, com prisão e sabe-se lá mais que punição. Pouco antes da minha chegada na cidade, um grupo de oito pessoas que furtavam matéria-prima de uma fábrica de batons, para produção independente, havia sido condenado à morte e fuzilado, por estar lesando a pátria e o povo soviético.

Interrompi-a bruscamente, empurrei-a de encontro à parede, procurei alcançar o ferrolho, e mal conseguindo livrar-me do cerco e da insistência da mulher, loguei abrir a porta do banheiro, não sem esforço, enquanto ela metia o tesouro novamente no esconderijo. Corri escadas acima. A mulher me seguia bufando, aos resmungos e gemidos, ainda baixando as saias suspensas. Cheguei ao térreo com a vendedora nos calcanhares. Dirigi-me à porta da rua. Salvou-me nesse instante a chegada de um freguês que a impediu de continuar o assédio. Saí correndo dali, ofegante, arfando, com o coração batendo nas orelhas.

Que pena! Deu para ver que o ícone era uma belíssima Nossa Senhora de Kazan, do século xv, recoberto de pérolas barrocas.

MITOS

Leonor faz um dever de português no computador de Gustavo. Pede-me ajuda. Fico a seu lado, orientando-a. O professor quer que ela escolha cinco poemas de Mario Quintana, para serem lidos e interpretados. Ela pinçou-os de uma coletânea do poeta gaúcho e, dentre eles, escolheu "Mar Oceano". É um delicado poema de amor, em que um dos versos evoca a paixão do imperador Adriano pelo belo adolescente Antínoo. Uma história que conheço bem, há muitos anos, desde a leitura do livro da Marguerite Yourcenar, quando a coqueluche daquele verão no Rio era ler *Memórias de Adriano*. Até no banheiro eu levava o livro para não interromper a leitura.

Tento explicar a Leonor essa paixão de Adriano pelo rapazote, cuja beleza se eternizou nos mármores encontrados pelos museus que exibem escultura greco-romana mundo afora. Há fotos desses bustos em livros de História e de História da Arte, apresentando sua imagem, na perfeição dos dezenove anos, paradigma de formosura masculina. E não só por isso, pelo fato de ser o favorito do poderoso imperador, que se tornou um mito. Sua morte misteriosa – afogou-se no Nilo – durante uma das campanhas de Adriano no Egito, também contribuiu para que a história ficasse famosa. Teria sido um suicídio? O rapaz teria oferecido a vida aos deuses em troca da vida do imperador, então ameaçada por uma terrível enfermidade? Teria sido acidente? Assassinato? Quem vai saber? Adriano, inconsolável, fez construir vários templos pelos territórios de seu império, dedicados à veneração do amor defunto, então decretado divindade.

Explico a Leonor que, na Antiguidade, era normal que homens maduros se apaixonassem por jovens do sexo masculino e a eles se dedicassem, não só orientando-os, instruindo-os, assumindo o papel de preceptores, mas tornando-se também seus amantes. A mulher, naquela época, servia apenas para procriar. Mesmo a mulher forte, a matriarca, a que lutava por seus filhos, seus irmãos, e até por seu pai, como no caso famoso de Antígona, não alcançava a mesma importância.

Leonor me pergunta se o pai de Antígona era Édipo. A história de Édipo é outra história intricada. Prometo-lhe contá-la em outra ocasião. Mas, insisto – mesmo entre as mais inteligentes ou as mais belas – rara era a mulher que chegava a se tornar um mito. A comunhão de ideias, o diálogo inteligente, supostamente acontecia apenas entre homens.

O olhar de Leonor volta-se para mim, interrogador e atônito. Procuro rapidamente lembrar-me de outros casais famosos em que mulheres poderosas lhe sirvam de exemplo. Penso em Penélope e Ulisses, em Cleópatra e seus dois apaixonados romanos. Pretendo falar nelas, e em seus méritos, quando o telefone do escritório toca. Poucas pessoas conhecem esse número, somente aquelas a quem Gustavo o concedeu. Já que estou ali, ao lado, atendo. Uma voz de mulher, meio rouca, autoritária, pede para eu chamá-lo. Pergunto quem deseja falar com ele, como sempre se faz aqui em casa. A voz responde, ríspida, que é uma amiga. Suponho que seja Heloísa, a namorada e musa de juventude, o primeiro amor, ressuscitada agora, aos mais de oitenta anos. Sinto-me tentada a perguntar:

– É Heloísa?

Com simpatia, pois esta é outra história que também conheço. A de Heloísa – não a Heloísa, amada por Abelardo, a quem só conseguiu reunir-se depois de morta, no mesmo túmulo. Heloísa ao telefone é outra – a namorada mais velha, por quem Gustavo se apaixonou loucamente aos dezessete anos, com quem não teve coragem de casar, como se haviam prometido, por ser jovem demais e não ter conseguido escapar ao jugo da mãe dominadora. Fugiu ao compromisso. Cada qual seguiu sua vida, ele casou-se com outra pessoa, ela também.

Falta-me coragem de invadir o passado da velha senhora, embora ela não se importe de ligar para minha casa, procurando pelo meu marido. Sei que está viúva e que vem contatando Gustavo, segundo ele me conta, por telefone e por correspondência.

Pergunto-me, como terá conseguido o número do telefone privativo e o endereço dele? Hoje, pela internet ou com o auxílio das telefonistas eficientes, nada é impossível de encontrar.

Peço a Heloísa que espere um minutinho e vou chamá-lo. Está tomando banho. Através da porta do banheiro, fechada, anuncio-lhe:

– Gustavo, Gustavo, telefone.

– Quem é? – pergunta.

– Parece que é uma amiga sua. Acho que é Heloísa que quer falar com você.

Aborrece-se. Não sei se com ela ou comigo, e me diz que não pode atender:

– Não posso, estou no banho. Estou tomando banho!

Retorno ao escritório com a intenção de pedir a Heloísa que ligue daí a meia hora:

– Gustavo está no banho. Por favor, ligue mais tarde.

Digo. Mas se alguém me ouve, não me responde.

– Alô! Alô!
O telefone está totalmente mudo. Já não tem voz. Deve ter desligado. Talvez tenha se acanhado por eu ter atendido ao telefone a que, normalmente, só Gustavo responde. Talvez acredite ter causado um mal-estar entre mim e ele. Sinto que perdi uma oportunidade de me comunicar com ela. De repente me descubro curiosa. Será que valeria a pena? De que serviria esse contato, para ela ou para mim?

Gustavo abre a porta do banheiro, ainda acabando de se enxugar, e me repete que não quer falar com Heloísa. Ela insiste em lhe telefonar, por mais distante que ele se mostre. Às vezes se vê constrangido a conversar um pouco, sente pena, não quer magoá-la. Diz que se ela soubesse o mal que lhe está fazendo, e a si própria, insistindo em procurá-lo, certamente não ligaria mais. Está destruindo a memória de ternura e o remorso que sentia sempre que dela se recordava. Alienando o mito em que se havia transformado. Sinto-me mal. Não é ciúme, pois sei que não há razão para isso. Uma mulher, mesmo com mais de oitenta anos, pode estar apaixonada? Algo me responde:

– Claro. Pode muito bem ainda estar apaixonada pelo primeiro, talvez o único, grande amor de sua vida. Sobretudo por ter sido um amor impossível, interrompido. Um amor que não sofreu o desgaste da convivência, que não se deteriorou no ramerrão de um longo cotidiano. Para ela, Gustavo é o mito supremo, redescoberto agora. A quem ela persegue, tentando resgatar o amor antigo. Na certeza de que foi, um dia e, quem sabe, na esperança de que seja ainda, o mito para ele?

Olho-o pelo espelho, peito nu, penteia o cabelo molhado. Pede-me que o ajude a traçar o risco que usa, para reparti-lo, do lado esquerdo da cabeça, enquanto me confidencia essas coisas. Sua cabeça está quase inteiramente branca, o que lhe dá muito charme. E penso:

– Bem, no mínimo isso servirá de assunto para mais uma história de banheiro.

HISTÓRIA ANTIGA

A choradeira e o rebuliço que vinham da casa ao lado deixavam perceber que algo sério estava acontecendo. Dona Emília, mãe de quatro meninas – Lidinha, Neném, Julita e Marieta – as repreendia energicamente. Embora não se conseguisse entender com clareza o que era dito, pelos ralhos da mãe e os soluços desconsolados das garotas, era evidente que alguma coisa séria haviam feito. Além do vozerio inusitado, seguiu-se a proibição de saírem para brincar naquela tarde.

Era normal que viessem, quase diariamente, brincar com as minhas meninas, depois de chegadas do colégio e estudadas as lições para o dia seguinte. Frequentavam a escola do bairro e muitas vezes as que cursavam a mesma classe faziam, juntas, os deveres. Ou as mais velhas bancavam as professoras ajudando às menores.

Das quatro, Marieta era a mais nova. E a mais levada. Enquanto as amiguinhas se reuniam e passavam horas a vestir bonecas, a penteá-las, a fazer de contas que lhes serviam comidinhas, Marieta gostava mesmo era de participar das travessuras dos meninos, rolar arco, jogar futebol, rodar pião, competir nos torneios de bolas de gude, subir nas árvores dos quintais da rua para roubar mangas, enfim, gostava de tudo o que fosse traquinice masculina. Ao descer às pressas de uma mangueira, as mãos ocupadas com as frutas que colhera, acontecera despencar lá do alto e ter a coxa rasgada por um galho quebrado. Viera capengando pedir socorro. Cuidei dela e lhe fiz um curativo. Devia estar doendo muito. A pequena apertava os lábios, mas não chorava. Quando a levei para casa, pedi a Dona Emília que não brigasse com ela, a desobediência já havia sido devidamente castigada.

No dia seguinte ao da balbúrdia, fiquei sabendo o porquê de tanta algazarra. A madrinha de Marieta, uma prima rica de Dona Emília, trouxera de uma viagem à França, uma belíssima boneca de louça para a afilhada. Todas as meninas a cobiçavam. Principalmente Julita, que por ela se apaixonara. Por seus olhos azuis, que se fechavam escondendo-se atrás de longas pestanas. Por sua pele alva de verdadeira porcelana. Por seus cabelos louros, macios, fáceis de pentear. Marieta, ao contrário, odiava-a com todas as suas forças.

Dona Emília estava sempre ensinando às filhas a costurar, a bordar, a cuidar da casa. Com o pretexto da chegada da boneca, começou a cortar roupinhas para ensinar Marieta a costurar. Mas a menina não queria saber daquilo. Tocar piano, bordar, pregar botões, eram-lhe verdadeiros suplícios. Gostava mesmo era de brincar na rua. Sempre que podia, escapava, deixando Julita, felicíssima, ocupar-se com a boneca. Chegava mesmo a pagar-lhe uns tostões da mesada para que a irmã fizesse as tarefas impostas pela mãe. Dona Emília não percebia a tramoia da filha, embora não entendesse por que havia dias em que o bordado de Marieta era impecável – prova de que quando queria, sabia fazer bem – mas, outros, em que tudo saía muito malfeito. Tinha que desmanchar e mandá-la recomeçar.

Uma ocasião em que a mãe saiu, Marieta trancou-se no banheiro e quebrou a boneca. Num acesso de raiva e de alegria, pisoteou-a, esfacelou com o tacão do sapato a cabeça loura e jogou-a no fundo da cesta de roupa suja. Os olhos de vidro azul ficaram encarando-a, acusadoramente, abrindo e fechando as pálpebras de longas pestanas, enquanto ela recolhia os cacos para jogá-los no fundo da cesta, cobrindo-os com um monte de roupas.

Voltou para o quarto onde brincavam todas e meteu-se no meio delas. Risonha. Contente consigo mesma. Com desusado prazer pôs-se a bordar a florzinha do último vestido. Julita não entendeu a negativa, quando se ofereceu para ajudá-la, em troca de brincar com a boneca o resto da tarde.

No dia seguinte, a mãe foi recolher da cesta, já cheia, as roupas para serem lavadas. Começou, como de hábito, a separar as roupas brancas das de cor. E qual não foi seu espanto ao deparar com a pobre boneca toda quebrada, a porcelana do rosto rosado esfacelada, e os olhos a piscarem ainda, sentidos e queixosos, jazendo no fundo da cesta!

Não lhe passou pela cabeça que fosse a própria dona a autora daquele desastre. Imediatamente pensou em Julita, que vivia perseguindo a irmã, invejando-lhe a sorte, pedindo-lhe que a emprestasse para brincar, enquanto Marieta a largava jogada pelos cantos. Só podia ter sido Julita.

Dona Emília chamou-a. Encerraram-se mãe e filha no banheiro. Com severidade perguntou-lhe por que destruíra daquele jeito a boneca de Marieta. Isso era inveja, um sentimento muito feio. Além de ser uma maldade o que havia feito com a irmã. Julita atônita, agachou-se, já em lágrimas e começou a juntar os cacos tão amados, negando ter sido ela. Cheia de dó, disse:

– Não fui eu, mamãe.

Dona Emília insistiu.

– Melhor confessar logo, senão o castigo será pior.

A menina negou, e continuou a negar, enquanto o choro ia ficando mais forte. Aos prantos, repetia que não tinha quebrado nada. O que mais irritou Dona Emília. Constatar o mau caráter da filha, que além de destruir a boneca da irmã ainda mentia assim, descaradamente. Choveram cascudos e ralhos, enquanto as lágrimas pulavam dos olhos de Julita, que continuava a negar que tivesse feito aquilo. A mãe a mandava calar a boca, parar com o escândalo, os vizinhos estavam ouvindo. Mas a menina não conseguia se conter. Revoltada, gritava:

– Não fui eu, juro, mamãe, que não fui eu! Não fui eu! Não fui eu!

As irmãs, no quarto, aflitas, não sabiam o que fazer. Marieta começou a chorar também, um choro abafado e cheio de vergonha. As meninas pensaram que fosse pela perda do brinquedo. Mas o remorso foi maior do que o medo do castigo que a mãe estava infringindo à inocente Julita. Quem merecia aquilo era ela. Bateu com os punhos na porta fechada e gritou de fora:

– Mãe, mãe, chega, mamãe! Deixa Julita em paz! Eu não gostava mesmo dessa boneca! Pare de brigar com ela.

A porta se abriu e as duas irmãs se abraçaram, chorando copiosamente. Então, Marieta, enchendo-se de coragem, enfrentou a mãe, e confessou:

– Quem quebrou a boneca fui eu! Fui eu!

RITA
E PEDRO

O cheiro adocicado do corpo recendia contrastando com o gosto de sal que a língua dele provava na pele dela. Perfume de fruta com gosto de salgadinho.

    Pela primeira vez se concediam intimidades, depois de muitos dias de olhares gulosos, sem oportunidade de se falarem mais do que um – "Oi, tudo bem?" – na porta do elevador. No momento em que se viram sozinhos naquele corredor, como se combinados, como se se conhecessem e nada fosse preciso dizer, como se previamente de acordo, ele se aproximara e, inflamada pelo mesmo desejo, ela se deixara engolir pelos beijos dele, sem tempo para respirar sequer. Sua blusa de verão, caída no ombro, descera mais sob a pressão da mão do rapaz e o ombro queimado de sol, salgado, como se saído do mar, fora sendo lambido, chupado, mordido, numa entrega alucinada, sem nenhuma rejeição, sem nenhuma compostura.

    O barulho de uma porta que se abrira assustara-os e interrompera a cena. A moça tirou da bolsa uma chave e rapidamente meteu-a na fechadura do apartamento onde se hospedava e, aparentando naturalidade, o fez entrar. Bateu a porta e ainda encostados nela, no interior abafado, se olharam com apetite e recomeçaram o canibalismo amoroso.

Sem se largarem, atracados, ele a foi empurrando até a outra porta entreaberta, por onde se enfiaram, e que não era a do quarto, mas a do banheiro do apartamento. Na urgência do desejo, foram arrancando as roupas e jogando-as pelo chão. Ele notou a marca do biquíni, a textura da pele delicada, cor de pétala de rosa cor-de-rosa, tão diferente do chocolate do ombro. O homem também era bronzeado. O peito peludo acrescentava aos seus ímpetos amorosos um quê de animalidade, de selvageria, que a excitava. Nele, maior era o contraste da marca do calção, embora igualmente feminina e macia a pele mais clara. As mãos graúdas e firmes sabiam o que queriam e onde queriam ir. Decididas, mas sem machucar. Logo ela percebeu que não só as mãos encontravam seu caminho. Mal-acomodados no piso frio do banheiro, entre a pia e o chuveiro, antes que ela pudesse acompanhá-lo nos estertores daquele gozo frenético, sentiu o peso dele desabar sobre seu corpo. Quando tudo se acalmou, abriu os olhos e deparou com o ventre gordo da pia de louça, por cima de suas cabeças. Sentiu o chão mais duro sob as costas.

Uma grande frustração tomou-a e, só então, voltou-lhe a capacidade de raciocinar. Fora tudo tão alucinado, irreprimível. Como pôde tudo aquilo ter acontecido? Que fazer agora? Nem sabia quem era aquele sujeito que a cobria como a um animal no cio. Dentro do seu sexo foi murchando e acabou por escapar, como um balãozinho esvaziado, o sexo do desconhecido. Ela fez um esforço para sair debaixo dele, que se levantou, ainda estonteado e ficou olhando-a como se só então a visse. Olhando-se como se só então se vissem.

Os olhos dele eram escuros. Os dela, transparentes, cor de água. Ele estendeu-lhe a mão, com um riso e disse-lhe:

– Eu sou o Pedro.

Ela respondeu:

– E eu a Rita.

Os dois nus, espremidos no restrito espaço do banheiro.

– Amigos?

Ele perguntou. Ela não respondeu, mas pensou:

– Meu Deus, que loucura, nem sei quem é esse homem!

– Vizinho – ele disse – solteiro e estudante.

Ela começou a catar a roupa pelo chão para cobrir-se quando ele interrompeu-a:

– Ainda não. É a sua vez agora.

Ela respondeu secamente:

– Vamos para a sala.

Numa olhada rápida ao espelho viu seu rosto suado, no pescoço a marca de um chupão e a boca mais vermelha do que o normal, como se tivesse passado batom. Enfiou a blusa pela cabeça, arrebanhou o cabelo num coque malfeito e perguntou ao rapaz se queria uma coca ou um café. Ele também enfiou as calças sobre a cueca estampada.

– Um copo de água, por favor.

Sentou-se numa dessas cadeiras de diretor, colocada sob uma samambaia pendurada do teto, que ficou a lhe fazer cócegas na cabeça, enquanto ela sumia pela porta que devia ser a da cozinha. O peito peludo parecia indecente assim desnecessariamente exposto. Ele enrolava a camiseta na mão, quando ela lhe entregou o copo suado com a água gelada. Foi bebendo aos pouquinhos, gole por gole, saboreando-a como se fosse um drinque. Olhando para ela.

– E você, o que faz?

– Vim passar um mês de férias neste apartamento de uma amiga que viajou. Sou professora numa cidade aqui perto.

– Sempre lhe vejo na praia e no corredor. Entrando ou saindo do elevador. Acho você uma mulher muito bonita.

– Quê isso! Não sou nada bonita.

– Mas eu acho, dá licença?

Ela riu, pensando que era melhor assim, que ele a ajudasse a achar uma justificativa para o que acabara de se passar. Não que ela se achasse bonita, mas, pelo menos a atração que ele pudesse ter sentido, depois de cobiçá-la vários dias, explicasse o desatino.

– Pois eu moro no apartamento do fim do corredor.

– Eu sei.

Ela respondeu baixinho.

– Você pode não acreditar, mas eu não costumo fazer isso com todas as vizinhas.

– Eu também não costumo fazer essas coisas. Não sei o que me deu hoje.

– É que eu sou irresistível, você não acha?

– Acho melhor você ir embora, a gente já fez muita bobagem e prefiro esquecer tudo isso.

– Você não está zangada comigo, está?

Ele se levantou e se aproximou dela, com os olhos risonhos e úmidos.

– Sabe o que a gente tem de melhor a fazer? Começar tudo de novo.

Ia protestar quando ele tapou-lhe a boca com um beijo lento e macio. Ela foi se entregando ao torpor que a ia tomando e, esquecendo o protesto, diminuindo a reação, acomodou-se no abraço, sentindo na sua a língua dele que lhe explorava os dentes, o céu da boca, arrepiando-a toda e anulando-lhe as reações. Compreendeu imediatamente que não haveria mais como impedir nada. O amor se fez, desta vez, demorado e terno, no sofá. O retrato sorridente da dona do apartamento, na mesinha ao lado, assistia a tudo.

Assim se passaram os cinco dias que ainda lhe restavam na cidade. Numa completa e exacerbada alucinação amorosa. Na véspera da partida dela, quando arrumava a mala, ele saíra para comprar cigarros, e voltara bastante nervoso, sem querer explicar por quê. Entrara precipitadamente, fechando a porta com as duas voltas da

Papaiz. A não ser nas poucas horas em que ia ao fim do corredor trocar de roupa no seu apartamento, não a deixara para nada. Passavam juntos os dias e as noites. Ela aproveitava os raros momentos sozinha para fazer uma ou outra compra, mas voltava logo, com medo de que ele a procurasse e não a encontrasse em casa. A paixão, e a certeza de que em poucos dias teriam que se separar, os fazia agarrarem-se um ao outro com desespero. Ela não foi mais à praia. Mal comiam, mal dormiam, fazendo amor e trocando confidências, sem tréguas. Ele fumava muito e bebia muita água.

Na véspera da viagem, os dois se abraçavam, chorosos com a partida dela, quando ouviram pancadas à porta do apartamento no fim do corredor. Eram pancadas violentas e vozes de homens que chamavam e pareciam ameaçar a quem estivesse dentro. Ela quis abrir e ver o que estava acontecendo, mas ele não deixou. Muito nervoso, tinha as mãos trêmulas e suadas. Do maço de cigarros retirou um pacotinho de plástico, um rolo pequeno contendo um pó branco.

– Esconde isso pra mim. É a polícia que está batendo lá em casa. Esconde isso, é cocaína, vai!

– Esconder onde? Isso é cocaína, cara, o que você quer que eu faça com isso? Vou esconder onde?

– Não sei, esconde, pelo amor de Deus! Se eles me pegarem com isso, estou fodido!

– E eu não estou? Seu cara doido!

Os passos e o vozerio continuaram pelo corredor. Ouviram os homens baterem em outras portas do andar. Umas se abriam, outras não. Até que a campainha tocou insistentemente na porta de onde estavam.

– E agora?

– Não tenho onde esconder nada, nem vou fazer isso. Você é um louco, se aproveitou de mim, era isso que você queria, não é? Vou abrir a porta para a polícia te levar e mais a tua cocaína.

– Não faça isso, eu juro que não foi assim.

HISTÓRIAS DE BANHEIRO

O punho firme da polícia reforçando o dedo na campainha continuava fazendo um escarcéu naquele andar do edifício.

– Abram, já sabemos que vocês estão aí. Abram senão arrombamos a porta.

Ela meteu a mão na chave, enquanto ele tentava impedi-la, lutando os dois. As ameaças do lado de fora continuavam.

– Espera só um pouquinho, pediu ele, não faz isso comigo. Eu juro que...

Ele correu ao banheiro e despejou o conteúdo do saquinho no vaso sanitário, puxando a água, justo no momento em que a polícia entrava, empurrando a moça, com brutalidade, procurando o banheiro, de onde ainda vinha o som da descarga. Chegaram tarde. A espumarada azul do bastão que perfumava o vaso acabava de sumir, em gargarejos, levando a cocaína engolida pelo cano.

Ela estava de pé ao lado da porta aberta, atônita, apavorada. Os policiais dentro do banheiro, olhavam para a água que se aquietava outra vez, no nível costumeiro. Pedro sorria, calmo, como se surpreso com os acontecimentos.

– Que é isso, o que é que vocês procuram? Em que posso ajudá-los?

– Tivemos denúncia de cocaína aqui, com você. Não foi difícil descobrir que você estava com a mulher, já que não para mais em casa. Ela também está envolvida. Confessa logo, ô cara, melhor pros dois.

– Podem revistar a casa toda, não vão encontrar nada.

Rita, meio histérica, gritou:

– Eu não tenho nada que ver com isso. Eu vou-me embora amanhã. Não tenho cocaína nenhuma... podem examinar o que quiserem.

Os policiais começaram a esvaziar a mala, rebuscando meticulosamente cada peça de roupa, cada bainha de calça, cada salto de sapato, cada bolsa, cada caixinha de presente, revirando tudo, jogando tudo para fora. Revistaram o vaso com a samambaia, as almofadas do sofá, cada cantinho do banheiro, as latas de mantimentos da cozinha, o fogão, o colchão, os travesseiros. O porta-retratos com a foto da dona do apartamento. A denúncia permanecia de pé, no meio deles, inteira, a suspeita palpável, mas sem provas. Desmentida. Pedro também foi revistado e nada encontraram, nenhum rastro.

Rita foi, então, levada para o banheiro e, antes que pudesse compreender o que iam fazer com ela, os homens ataram-lhe as mãos com um cinto, pegaram-na pelo coque, arrastaram-na até o vaso e meteram-lhe a cabeça lá dentro, enquanto puxavam a descarga ensaboada, até que ela, meio afogada, meio morta, confessasse que ela e Pedro tinham, sim, cocaína e a haviam despejado na latrina.

O QUADRO

O quadro à sua frente mais parecia uma janela aberta sobre o mar. Uma paisagem que, vista de um barco, ao largo, mostrasse a costa, a lista de areia da praia, onde uma casa, cercada pelo verde cerrado da mata, parecesse ainda mais branca sob o céu também esverdeado. Memória fotográfica a do artista. Pela simetria das sombras, de cada lado do telhado, denunciando o sol a pino, ficara evidente que o autor passara para o papel a casa pousada na praia deserta sob o sol de meio-dia. O desenho, à perfeição, feito a lápis de cor, era como uma janela, de onde os olhos vissem, ou revissem, o dia de verão vivido naquele lugar, dois anos antes, três, talvez.

A mulher se lembrava de ter descido a pedra íngreme que leva à praia, depois da ladeira de barro, onde as buganvílias se despejam, escarlates, pelos muros. Carregava uma barraca e uma bolsa. Dentro dela, uma toalha, um vidro de óleo bronzeador e um pente. Revia-se escolhendo o local onde estendera a toalha, desbotada de muito sol, prendendo as quatro pontas sob montículos de areia, para o vento não levantar as beiradas. Talvez nem houvesse vento. Talvez fosse o gesto adquirido vida afora, praias afora, inadvertida repetição. Revia-se fincando o pau da barraca, com um movimento circular, afundando-o mais e mais, até que, bem firme, não corresse o risco de ser levado pelo vento que, afinal, talvez houvesse, quem sabe. Enfiara as alças da bolsa pelo pau da barraca, antes de abri-la, para se certificar de que ninguém poderia levá-la, assim presa. Outro hábito adquirido. Mesmo que não houvesse ninguém na praia deserta. Nem tivesse dinheiro. Verificara de que lado estava o sol, para, ao sentar-se, colocar-se de frente para ele. Descalçara as sandálias. Despira a canga, enrolada em volta do corpo, dobrara-a e depois de sentada, começara a passar o óleo pela pele, pelas pernas, pelos braços, pela barriga, pelos ombros, lenta e cuidadosamente. Acabado isso, deitara-se, cobrindo-se com o chapéu de palha, de abas largas, para não queimar o rosto.

O sol quente, ardido, incisivo secava no ar a umidade. Cheirava forte a maresia. As ondas mal rolavam, se espreguiçando, varrendo a areia em longos abraços horizontais, quase silenciosas. Um torpor a fora invadindo, fazendo com que ouvisse cada vez mais longe o ruído do mar e fosse se entregando a um relaxamento profundo, como num transe.

Nesse momento, sentira ali bem perto, tão perto, uma sombra que lhe esfriara a anca fazendo com que se retesasse toda num susto, uma sombra de alguém ou de alguma coisa, um corpo que se interpusera entre o seu e o sol. Sem se mover, mal entreabrindo as pálpebras, procurara com os olhos semicerrados quem, ou o quê, estava ali tão próximo.

Um homem estava de pé, ao seu lado. Não lhe distinguia bem o rosto, mas os cabelos em alvoroço e a barba recebiam reflexos avermelhados. Era um homem magro e musculoso. Entre tímido e inconveniente, perguntara-lhe se podia deixar ali as mochilas, enquanto ia fazer uma excursão pela praia. Que desculpasse, mas só depois de ter chegado perto é que suspeitara de que pudesse estar adormecida. Mas aí já era tarde. Como não houvesse mais ninguém na praia, só a ela pudera se dirigir. Trazia aparelhos fotográficos e não queria correr riscos andando com eles pelas pedras.

Pronto, acabou-se o sossego, pensara contrafeita a mulher, dizendo que sim com a cabeça, sem se levantar e sem demonstrar qualquer boa vontade.

O recém-chegado abaixara-se, amontoara duas sacolas cáqui na sombra da barraca, agradecera e saíra andando pela praia, na direção oposta a de onde viera. Seus passos pela areia deixavam marcas enormes, acentuadas pelo dedão do pé.

Olhando a linha dupla que ele ia descrevendo, que as ondas vinham lamber de leve e apagar, ela se deitara de novo na toalha, desta vez de bruços, para melhor observar o intruso. Uma figura se distanciando e se confundindo com as pedras do fim da praia, por onde subira para, pouco depois, desaparecer de todo por trás delas. Quando quisesse ir embora poderia abandonar as sacolas ali, sem o menor escrúpulo, da mesma forma como ele as havia imposto à sua guarda.

A tarde fora passando. Duas ou três vezes mergulhara na água calma, dando umas braçadas mais longas. A responsabilidade pelas sacolas se fazia sentir, mesmo involuntariamente, quase obrigando-a a diminuir o tempo longe delas. A liberdade de gozar da sua disponibilidade fora cerceada pela presença do desconhecido, imbuída naqueles volumes.

Finalmente a mancha colorida de um calção aparecera nas pedras do fim da praia e os longos pés vieram trazendo as pernas compridas para o círculo da barraca.

Do meio da barba ruiva apareceram uns dentes fortes num largo sorriso. Recolhera as mochilas, arrumando-as nos ombros vermelhos, sardentos, queimados demais, pois tinha pele fina, dessas que nunca se bronzeiam, e, comentando como era linda a praia que se seguia a essa em que estavam, passadas as pedras, dissera que ela deveria ir até lá conhecê-la. Agradecera outra vez, despedira-se com um aceno de mão e, calmamente, desfizera o caminho que o tinha trazido.

Aliviada e surpresa com o comportamento discreto do rapaz, que se fora sem sentar-se para um papo, sem muita conversa, totalmente distante e impessoal, embora cortês, descobrira-se pensando no sorriso dele e em como gente que usa barba, quando ri, parece estar se despindo. Barbas são uma espécie de esconderijo, de disfarce para ocultar a parte denunciadora ou vulnerável do rosto. A que se abre para sorrir, para comer, para falar. E mais perigosa, para morder, para beijar.

Reunira na bolsa de palha o óleo, a toalha, que sacudira bem, para não encher de areia o tanque de casa, e o pente, depois de passá-lo pelos cabelos úmidos. Fechara a barraca, fora à beira d'água para retirar a areia grudada nos pés, calçara as sandálias, enrolara-se na canga e, carregada de toda a parafernália praiana, começara também a desfazer seu caminho.

Os amigos, em casa de quem estava, tinham ido passar o dia em uma cidade vizinha. Ela preferira ficar para aproveitar o sol. A essa hora já deviam ter voltado.

De construção moderna, paredes brancas, imensas janelas de vidro e muita madeira nas vigas de sustentação, nos forros e nos tetos, a casa oferecia, ao mesmo tempo, frescor e aconchego. Haviam-lhe destinado o quarto que dava para um pequeno jardim interno, que repartia um banheiro com outro quarto vizinho. Eram, na verdade, as dependências das crianças, no momento, passando tempos com a avó.

Ao entrar ouvira ruídos, movimento na casa. O quarto ao lado também abrigava alguém. Não lhe haviam dito que teriam outros convidados. No banheiro encontrara indícios de ocupação: um vidro de xampu, uma saboneteira, uma escova de dentes, um aparelho de barbear e, no cantinho do boxe, um calção torcido, pronto para ser pendurado. Esquecido lá. Incomodava-a ter que dividir o banheiro com desconhecidos, sentia-se invadida na sua privacidade.

O QUADRO

Depois da chuveirada vestira um *short* branco, fizera um rabo de cavalo no cabelo ainda molhado, e fora até a cozinha ver em que poderia ajudar. Na bandeja arrumara os pratinhos de amendoins e de batatas fritas, acompanhamento para os quatro copos de caipirinhas que a amiga preparara para esperar o jantar, enquanto lhe anunciava a chegada de um primo. Tinha certeza de que iria gostar dele, uma pessoa encantadora. Meio desligado, meio distraído. Ótimo fotógrafo. Esperava que não se sentisse inibida com a partilha do banheiro.

– Claro que não, respondera.

E ouvira as vozes masculinas que conversavam na sala. Ao entrar com a bandeja e os drinques deparou com o primo, e os dois começaram a rir: era o fotógrafo da praia. Bem que achara qualquer coisa de familiar naquele calção no banheiro. Já o tinha visto em algum lugar.

Dispensaram as apresentações, ele dizendo serem velhos conhecidos. Ela supondo que ele se referia ao encontro na praia. Mas ele a olhara quase com impertinência e dissera:

– Você não está me reconhecendo, mas agora que a vejo bem, tenho certeza de que já estive na sua casa, há uns dez anos, em Paris. A lareira estava com defeito, não chupava a fumaça e fazia um frio desgraçado, sem aquecimento.

Quem poderia conhecer até os segredos da sua lareira e depois de tantos anos lembrar-se deles?

– Quando você esteve em Paris?

– Eu tinha dezessete anos, era estudante ainda, morava com meus pais. Fui a uma festinha na sua casa, levado por um brasileiro, amigo comum. Era tão garoto e desengonçado que você nem reparou na minha existência.

Então, sem sucesso, tentara ajudá-la a acender a lareira defeituosa.

– Puxa! Que boa memória você tem. Não lembro de nada disso.

O comentário de que ela era inesquecível veio aos lábios dele, mas não cabia ali e não foi feito. O encontro provocara inúmeras lembranças da temporada de cada um na França. Ela se separara do marido pouco depois e o estudante voltara para o Brasil.

O fim de semana longo decorreu muito divertido. Ambos descobriram muito mais afinidades do que os assuntos que os faziam recuperar Paris. Muitas coisas mais em comum além da partilha do banheiro.

Na segunda-feira eles se foram, tinham que trabalhar. Sumiram o calção, torcido no canto do boxe, a escova de dentes, o aparelho de barbear, diariamente esquecidos sobre a pia. Os pés grandes e o riso de dentes fortes passaram a assaltá-la, sem mais nem menos, como *flashes*, a todo momento. Aquele ar desligado, inconveniente às vezes, de tão cândido, aquela espontaneidade, ausência de censura ao dizer as coisas que pensava, aquele interesse em lidar com as pessoas, começaram a lhe fazer falta.

Ele levara na mochila cáqui mais de um rolo de fotografias dela, que iria revelar para entregar-lhe depois. E lhe deixara um desenho feito a lápis de cor: uma paisagem que, vista de um barco, ao largo, mostrava a costa, a lista de areia da praia, onde uma casa, cercada pelo verde da mata, parecia ainda mais branca, sob o céu também esverdeado. A simetria das sombras, de cada lado do telhado, denunciavam o sol a pino. Memória fotográfica a do artista. Olhando para o quadro à sua frente, como de uma janela aberta sobre o mar, ela revia aquele dia.

Assim se encontraram.

Casaram-se e foram felizes para sempre. Ou seja, até daí a três meses, quando ele bateu com o carro e morreu no acidente.

O PRESENTE

A menina assustada mais parecia um bicho acuado. Seus quatro ou cinco anos acabavam de passar pela incompreensível perplexidade de um acidente de automóvel que a privara de mãe e pai. Vinha de uma cidade do interior para viver com os avós, que mal conhecia, na cidade grande. Mantinha o queixo firmemente de encontro ao peito, negando-se a ver o mundo. Os olhos baixos eram grandes e azuis. No fundo deles nada se via senão medo e desconfiança. Quando, sem erguer o queixo, mal levantava o olhar, rapidamente voltava a escondê-lo sob as longas pestanas. Era como se soltasse rápidos dardos. Ataque ou defesa. Chispas de desespero. Foi preciso muito carinho e calma para ir relaxando aquela tensão que a fazia mais mirrada, encolhida em si mesma. Mais magros as pernas compridas e os braços, sempre prontos a empurrar e a manter distância. Passaram-se muitos dias até que um primeiro sorriso, imediatamente controlado e reprimido, aparecesse. Raio de luz naquele rosto enfarruscado. E muitos dias mais se passaram até que a menina afrouxasse a resistência e se deixasse sentar no colo ou ser acariciada. Rebelde. Esquiva. Não se entregava facilmente.

Pouco a pouco os avós foram descobrindo seus gostos, procurando proporcionar-lhe os prazeres e as alegrias das outras crianças da mesma idade. A menina podia passar horas frente à televisão, assistindo a infindáveis desenhos animados, histórias de maldades que os personagens se faziam. A começar pelos desenhos de Tom e Jerry, em que o gato e o rato se esmeravam à caça um do outro, cada qual inventando as mais sádicas formas de eliminar o inimigo, quebrando-o em cacos, aplastando-o como folha de papel, queimando-lhe o rabo, ou dando-lhe uma marretada na cabeça. Para recomeçar tudo no próximo desenho. Depois, manifestou-se nela o encanto pelas bonecas Barbie. Mania de todas as meninas, que passavam horas vestindo, despindo, penteando as bonecas de peitinhos adolescentes e longas cabeleiras. Essas ocupações não agradavam à avó. No entanto, não queria proibi-las, na expectativa de conquistar a garota. Com o convívio diário, descobriu que a neta era louca por animais. Adorava bichos de modo geral, e particularmente cachorros. Mesmo os de pelúcia. Pouco a pouco fora acumulando uma coleção de ursos, macacos, leitões, golfinhos, sapos, leões e até elefantes de pelúcia. Uma estante no quarto em que a menina dormia já estava cheia deles. Quando saíam para passear, ela era a primeira a vislumbrar no horizonte, para lá da esquina, para lá da visão normal das pessoas, um cachorro que viesse pela calçada. Abaixava-se, então, queria abraçá-lo, beijá-lo, e sempre assustava, tanto o cachorro, quanto o seu dono. Os animais punham-se a ladrar e a investir contra ela. Os donos, temerosos de que fosse mordida, repreendiam a avó, igualmente irritados com as súbitas carícias. Poucas vezes diziam:

– Pode deixar, ele não morde.

E então era a felicidade, deixar-se lamber, nariz, queixo, o rosto todo, na troca de carinhos com o novo amigo.

O PRESENTE

    Um dia a avó passou pela vitrine de um veterinário, onde três filhotes de *cocker spaniel*, com um mês e pouco, estavam à venda. Eram gordinhos, recobertos de uma pelúcia loura. Arranhavam o vidro com as unhas, chamando quem passava, em gestos que pediam:
    – Venham, levem-me com vocês.
    A avó também adorava cachorros. Sempre havia tido um em casa, desde menina. Depois que foram morar em apartamento o avô se negara a ter um animal que, forçosamente, seria ele quem teria que levar à rua três vezes por dia para passear, mesmo nos dias de frio ou chuva. Mas estes eram filhotes muito especiais. Tinham o pelo da cor dos cabelos da menina. Nas caras brejeiras, três botões negros e molhados: o focinho e os olhos. A língua cor-de-rosa provava o gosto apetitoso da mão que se aproximasse. Apesar do pedido de não tocar nos animais, não havia quem, passando por ali, não se deixasse sucumbir à tentação de acariciá-los.
    A loja do veterinário ficava no *shopping* onde a avó sempre fazia compras. Dias depois, viu que os *cockers* ainda não tinham sido vendidos. Continuavam mordiscando um ao outro e rolando pelo chão da gaiola, a criançada em volta entusiasmada, pedindo aos pais para comprá-los.
    A avó não se conteve. Quis vê-los de perto, e escolheu o dourado que mais se assemelhava à cor do cabelo da neta. Cabia quase inteiro na mão. Levou-o para casa. Entrou às escondidas e, aproveitando que a menina se preparava para o colégio, fechou-o no banheiro da suíte. Arrumou uma caixa de papelão, forrou-a com um cobertor velho, e ali guardou o filhote. Pôs a caixa dentro da banheira, para não correr o risco de que ele, conseguindo escapar, fosse andando pela casa e estragasse a surpresa. As paredes da banheira eram escorregadias, se ele lograsse sair da caixa, ainda assim ficaria preso na banheira. Suas patas curtas mal conseguiam alcançar os limites da caixa. De vez em quando ele soltava uns ganidos, resmungava um pouco, e logo se aquietava para dormir outra vez.

O bom foi que a garota não se apercebeu de nada. Na banheira da avó escondia-se, insuspeitado, o maior tesouro. No final da tarde, quando chegou do Jardim de Infância, a avó levou-a até o banheiro.
– Venha, minha querida, venha ver uma coisa.
Havia enfeitado o cachorrinho com uma coleira vermelha e um enorme laço de fita, como se embrulhado para presente. Ele veio logo abanando o toco de rabo, esticando-se para tentar sair. A velha senhora ergueu-o no ar, e ele mordiscou-lhe os dedos, agradecido. Abaixou-se então ao lado da menina e mostrou-lhe o animalzinho. Os olhos dela arregalaram-se de alegria, mas, cheia de dúvida, desconfiada, mesmo ouvindo os pequenos grunhidos contentes, e percebendo os esforços que fazia para se liberar da mão que o prendia, mal querendo acreditar, antes de acomodá-lo no colo, perguntou:
– É de corda, vovó? É de pelúcia, não é, vovó? É de pelúcia? Os grandes olhos se ergueram para o rosto da senhora. Iluminados, eram de total entrega. Sentaram-se as duas, cúmplices, no chão do banheiro. Riam enternecidas quando o cachorrinho, solto entre suas pernas, tentava escalar os obstáculos, tropeçava, caía de lado, erguia-se de novo, pingando xixis miúdos pelo chão, fuçando tudo o que encontrava pelo caminho.
Foi assim que nasceu a paixão absoluta, totalmente correspondida, da menina pelo seu cão. Ao oferecer à neta o melhor presente, ela, a avó, foi presenteada com presente ainda maior.

DOIS DIAS ANTES

Manuela pousa a maleta no chão, retira da bolsa a chave, mete-a na fechadura, dá-lhe as duas voltas e a porta se abre para ela passar. A cada viagem que faz, grande é a satisfação desse momento, o de voltar para casa. Mesmo quando surgem oportunidades de conhecer outra cidade, outro lugar agradável, como são sempre os escolhidos para as reuniões da empresa, o prazer de descobrir novos mundos não suplanta este, de maior enlevo, o instante do regresso, quando pisa no seu chão. Quanto maior a temporada fora, maior a satisfação ao entrar no *hall* do apartamento, onde o grande espelho redondo a reflete, emoldurada em vermelho: a dona que chega, feliz possuidora daquele recanto de paz e sossego. Depois, ao adentrar-se na sala silenciosa, deixa-se cair nos braços da grande *bergère*, com um suspiro contente. Corre o olhar pelos sofás, poltronas, quadros, objetos, cada coisa escolhida com amor e cuidado para compor o ambiente aconchegante que a recebe, nesse fim de tarde, com um jogo de sombra e luz que as cortinas corridas desenham no ar. Antes de ir para o quarto desfazer a mala, mudar a roupa, murmura:

– Como é bom chegar em casa! Na minha casa!

Na casa que é sua. Sua e de Felipe, seu marido há quase dez anos, um marido carinhoso, apegado a ela, companheiro perfeito, compartilhando gostos, preferências, satisfações. Não tiveram filhos, mas se bastam. Seu convívio é tão cheio de atração física e de grande camaradagem, mesmo com o passar do tempo, que dispensa qualquer outra presença.

Ainda é cedo para Felipe chegar. E como desta vez o final da reunião foi antecipado, Manuela regressou dois dias antes. Vai fazer-lhe uma surpresa. Tinha saudades do marido, que deixara sozinho durante mais de uma semana. Uma eternidade.

Maleta na mão, segue para o quarto. Joga-a sobre a cama, que encontra desarrumada, numa grande e desusada desordem, travesseiros amassados, cobertor pelo chão. Estranha:

– A arrumadeira não deve ter vindo hoje.

Vai tirando as peças de roupa da mala, separando o que deve ser pendurado e o que vai para a máquina de lavar. Despe o terninho listado, a blusa de malha, enrola-se em um roupão, calça os chinelos e se encaminha para o banheiro, para tomar um banho morno, à espera do marido que não deve tardar. E, no banheiro, então, cai-lhe o queixo de surpresa e de horror. Custa a acreditar no que vê: roupas íntimas femininas estão ali, algumas jogadas pelo chão, outras atiradas sobre o banquinho. Uma calcinha preta de renda, um sutiã, da mesma renda, com bordados e laços vermelhos, ligas e meias de seda, pretas. Um par de sandálias, de tirinhas que sobem para amarrar-se nas pernas, tudo ali atirado, como se a pessoa que as tivesse usado houvesse se despido rapidamente, sem tempo para recolher as peças comprometedoras. Olha bem, coisa por coisa. Senta-se no vaso sanitário, as pernas bambas, as mãos trêmulas segurando aquelas provas terríveis de que algo muito íntimo se passara no seu quarto, no seu banheiro, enquanto estava ausente. Não consegue entender. Nem acreditar no que está vendo. São peças de tamanho maior do que o que ela mesma usa e, claro, não são suas. Também as sandálias devem calçar pés maiores do que os seus. Imagina que o marido tenha levado uma mulher para casa. Uma mulher graúda, a julgar pelas roupas.

    Atônita, chocada, sem saber o que fazer, repõe tudo onde e como encontrou, a calcinha decotada sobre o banquinho de metal, as meias e o sutiã, caídos no chão. As sandálias, tombadas de cada lado do vaso sanitário. Por que seria que a visitante deixara as sandálias lá, no seu banheiro? Teria ido descalça para casa? Estranho, tudo muito estranho, chocante e doloroso.

    Numa tremedeira que não consegue controlar, assim como os fundos soluços que a sacodem toda, volta ao quarto, torna a se vestir, rearruma a maleta, que sequer havia guardado ainda, põe nela umas mudas de roupa, e sai de casa. O peito oprimido, uma dor terrível lhe subindo pela garganta, os olhos ardidos, as lágrimas a pular sem controle. Para o primeiro táxi que passa e se dirige a um hotel onde pretende passar a noite e pensar em tudo o que acaba de descobrir. Então Felipe, seu dedicado Felipe, enquanto ela viaja, leva amantes para a própria casa, para a própria cama em que faz amor com ela, tanto, e com tanto ímpeto! Como pudera ele ter feito uma coisa dessas? Que desespero! Que atitude tomar? O que lhe dizer? Provavelmente ele tentaria negar, inventaria uma desculpa, diria que emprestara a casa para algum amigo. Que justificativa teria para o que ela encontrara ao vir para casa dois dias antes do esperado?

    Passa a noite em claro, sofrendo, chorando, pensando, revendo as rendas pretas espalhadas pelo banheiro. Que fazer? Como abordar o assunto? Seria melhor não dizer nada e esperar que as coisas se esclarecessem por si mesmas? Ou confrontá-lo, cheia de razão e esmagá-lo com fúria justificada? Como? E na própria casa! Por que, por que ele fora fazer uma coisa dessas? Era imperdoável. Impossível continuar a viver com ele. Ao mesmo tempo pensava que seria impossível viver sem ele. Não conseguiria. Eram partes integrantes de um mesmo ser. Viviam um para o outro. Não conseguiria ficar sem o carinho de Felipe, sem as mãos dadas quando saíam pela rua, sem seus cuidados, sem seus arroubos, sem seu desejo sempre aceso, sem sua adoração. Chegava a pensar que tinha tido um pesadelo, estaria delirando. Aquelas roupas não existiam. Era tudo pura alucinação. Puro delírio.

Dois dias depois, na data e hora em que realmente deveria chegar da viagem, voltou para casa. Decidira manter silêncio, pelo menos inicialmente. Encontrá-lo-ia sem tocar no assunto e ficaria atenta ao comportamento dele. Quem sabe ele mesmo lhe diria qualquer coisa? Estaria apaixonado por outra? Talvez tivesse a hombridade de confessar-se, de lhe fazer ciente disso. Seria um sofrimento imenso, mas essas coisas acontecem. Afinal, depois de dez anos de casados era até razoável que ele, numa crise existencial, dessas que os homens vivem por volta dos cinquenta, ao ver-se sozinho, tivesse sido tentado por alguém, sentido vontade de transar com outra mulher. Uma fêmea. As mulheres sabiam ser muito ladinas e sedutoras. Ficou imaginando quem seria? Dentre as conhecidas, quem poderia ser? Teria que ser alta, grande, uma mulheraça. A secretária? Não, era muito velha, uma senhora, mais para gorda do que para grande. A mulher sueca do advogado do marido, essa era alta e magra, uma figura interessante. Tinha uns olhos grandes e claros que o encaravam toda vez que estavam juntos. Já o surpreendera olhando-a também. Mais de uma vez. Tinha pés grandes e, apesar da altura, usava sandálias de salto. Outra mulher avantajada era a moça da loja em que iam sempre alugar filmes para os fins de semana. Morena, meio *hippie*, bonita, mas com um ar sujo, de quem não lava o rosto. Pele gordurosa. Que ele achava um tipo intrigante.

Acomodou-se no sofá da sala e ligou a televisão. Pouco depois chegou Felipe. Quando a viu, atirou-se para ela, tomou-a nos braços, encheu-lhe o rosto e o pescoço de beijos, resmungando que maravilhoso era encontrá-la em casa! Como tinha sentido falta! Morria de saudades!

DOIS DIAS ANTES

Manuela se esforçou para não empurrá-lo e derrubá-lo do sofá, obrigando-o a pôr um fim àquela efusão. Disse que estava muito cansada, que ia se deitar mais cedo. Não se sentia bem.

Ao chegar, notara que a casa estava arrumada, a cama com lençóis frescos, e o banheiro impecável, as toalhas dobradas com as pontas juntas, o sabonete novo, intocado. Os perfumes e os sais de banho enfileirados nas prateleiras de vidro. Nem sombra das denunciadoras roupas cheias de malícia e de cheiro de sexo. No chão do banheiro, o mármore reluzia. Branco e translúcido, inocente, redimido de qualquer pecado.

Deitou-se de costas para o marido. Preocupado com o aspecto cansado e abatido de Manuela, ele trouxe-lhe da cozinha um chá de camomila, acabado de fazer. Tentou achegar-se a ela, deitando-se bem junto do corpo da mulher, como costumavam se encaixar para dormir, colheres justapostas. Mas Manuela repeliu-o, mal contendo a repulsa que sentia. Foi, talvez a primeira noite em que cada um virou-se para o seu lado. Quando amanheceu ela ainda não tinha conseguido adormecer. Ele falara alto, frases desconexas, num sono inquieto e agitado.

Quando Felipe saiu para o trabalho, Manuela ficou um pouco mais na cama, sofrendo e pensando. Fingindo que dormia ainda.

Quem seria? Quem seria? Latejava o pensamento interrogador. De tanto pensar, arquitetou uma maneira de descobrir. Inventaria outra viagem, mais longa, e chegaria de surpresa, tarde, qualquer noite. Haveria de conseguir um flagrante, tinha de saber com quem era que ele estava tendo um caso. Na própria casa. Queria machucar Felipe, arrasá-lo, torná-lo tão miserável quanto estava ela própria se sentindo. Queria surpreendê-lo, queria humilhá-lo, deixá-lo sem voz e sem desculpas. Pô-lo para fora e à bandida que ousava conspurcar sua casa, sua cama.

Escreveu-lhe um bilhete, dizendo que fora chamada de urgência para assistir seu pai, hospitalizado de emergência. Telefonaria mais tarde dando-lhe contas do que se passara com o velho. Problemas de coração. Não sabia ainda o que era e que gravidade tinha. O pai viúvo morava sozinho em Belo Horizonte e ela, a única filha, fora chamada.

À noite ligou, chorosa, dando notícias da saúde do pai. Acompanhava-o no hospital. Não tinha ideia de quanto tempo teria que ficar. Pedia-lhe que avisasse na empresa em que trabalhava. Continuaria telefonando e dando notícias. Assim se passaram alguns dias e Manuela não regressava. De dois em dois dias ligava para reportar a Felipe os progressos da doença. Desligava logo, não podia se demorar no telefone do hospital.

Quem estava doente era ela. Sofria demais com o que acontecera, e com a ideia, cada vez mais presente e fortalecida, de que teria que se separar de Felipe. Algo se quebrara, a confiança não seria jamais restabelecida. Só queria mesmo ter certeza de quem era a mulher que determinara sua desgraça. Como não desconfiara nunca de que Felipe pudesse vir a ter outra?

Ao fim de quinze dias, cansada de estar no hotel, cansada de formular hipóteses idiotas, resolveu voltar. No meio da noite. Pé ante pé. Rodou a chave na porta de casa, abriu-a, fechando-a com grande delicadeza, sem nenhum ruído. Tirou os sapatos e entrou, sorrateiramente. Não queria se denunciar. Ouviu vozes no quarto do casal. Grunhidos. Ainda naquela noite, à hora do jantar, havia telefonado ao marido dizendo que não sabia quando poderia regressar a casa, o pai ainda passava muito mal.

A luz do banheiro estava acesa. E ninguém lá dentro. Uma desordem de roupas e toalhas, batons, lápis de sobrancelha, rímel, reinava sobre a bancada de mármore. Aproximou-se do quarto. A porta aberta enquadrava exatamente a cama de casal, mais ao fundo. Só um abajur iluminava a cabeceira da cama, do lado de Felipe. À luz amarelada da lâmpada, ela viu um homem desconhecido que fazia amor com uma mulher grande, vestida com sutiã e meias de seda pretas. Segurava-a por trás, quadrúpedes no cio. Estupefata reconheceu nos pés grandes as sandálias de tiras subindo pelas pernas. A calcinha tinha sido retirada e jazia no chão, ao lado da cama. Aproximou-se devagarzinho, perplexa, e só então reconheceu a mulher alta, que estrebuchava na cama por baixo do homem desconhecido – era Felipe.

A TURISTA

Será que, ao contrário do que imaginara, aquela não seria a cidade idealizada para suas férias? Baseara sua escolha nas fotos que exibiam a beleza da paisagem, a anunciada certeza de um verão permanente, as praias estupendas que se sucediam para o norte e para o sul, a alegria que pairava no ar, o bom acolhimento da gente da terra. De tudo isso falavam o folheto da agência de turismo, e com mais eloquência ainda as fotos que o cobriam, mais convincentes do que as palavras.

Vinha em busca de aventura, de que lhe acontecesse alguma coisa excitante, totalmente diferente da vida monótona e insípida que levava. Não era descanso o que procurava, mas um encontro amoroso, atordoante, cinematográfico, com um homem idealizado, que há muito povoava seus devaneios de paixão.

Ainda do avião encantara-se com a descoberta da beleza natural dos morros entremeados de mar, baías, matas – olhara aquilo tudo com o coração batendo forte. Cenário ideal. Perfeito.

Depois, quando pela janela do décimo andar do hotel em que se hospedava encarara o azul forte do mar, a brancura da areia lá embaixo, a praia repleta de gente, largara a mala entreaberta, catara o maiô pelo meio das roupas e descera ávida por calor, sol, ar livre. Desejosa de ver gente. Disponível para o que desse e viesse.

Do outro lado da avenida movimentada, estendia-se a praia numa curva elegante. Barracas coloridas, com o logotipo do hotel, esperavam os hóspedes. Sentiu nos pés a areia escaldante e fofa. Abriu a toalha que colhera na recepção, esticou-se numa das espreguiçadeiras, com um suspiro de satisfação. Por trás dos óculos escuros seu olhar varria a praia tateando as novidades. Tudo tão diferente.

A primeira coisa que notou foi a quase nudez das mulheres locais. Sim, porque aquilo não era vestir um traje de banho. Maiô igual ao seu apenas as estrangeiras usavam, inteiros e castos. Mais do que o maiô, começou a incomodá-la a brancura da própria pele, azulada, jamais exposta a um calor tão forte. Quando se levantou para dar um mergulho, o olhar das pessoas a seguira com um quê de curiosidade, examinando-a como se ela própria fosse um ser pré-diluviano. Principalmente as mulheres, de corpos bem feitos, bronzeados, expostos ao sol e à concupiscência alheia, comentaram coisas entre si, prendendo um riso, quando ela passara a caminho do mar. Sabia-se uma mulher bonita. Alta e esguia. Ficou observando os biquínis ousados, que nos corpos dourados não pareciam indecentes, porque o colorido da pele era um invólucro disfarçando a nudez. Prometeu-se sair mais tarde para comprar um daqueles biquínis, que exibiam totalmente as nádegas morenas brilhando como dois sóis tropicais. Mas, pensou, teria que bronzear as suas antes de ousar se exibir assim.

Os homens também, passavam por ela como se não a vissem, sem interesse.

Enrolou-se na saída de praia de atoalhado branco, que a cobria até o tornozelo, e voltou ao quarto do hotel. Tomou uma chuveirada fria, para espertar, vestiu-se de linho claro, comeu qualquer coisa na lanchonete, pendurou a bolsa no ombro, perguntou na portaria onde ficava o *shopping* mais perto, e saiu, protegendo-se com um chapéu de palha.

No edifício de mármore branco, com muitos espelhos e muitas luzes, uma variedade de lojas oferecia todo tipo de artigos. Tudo muito diferente do que estava acostumada a ver onde morava. Muito mais colorido nas roupas de verão, leves e descontraídas. Muito mais ousados os decotes. Chegou a uma vitrine, onde um nome engraçado, Bum-Bum, que mais parecia uma dupla explosão, expunha biquínis e saídas de praia. Entrou. Examinou os artigos pendurados nos cabides, e escolheu dois ou três modelos. Apontou-os à balconista, que a levou para prová-los. Sentiu-se *sexy* dentro da pouca roupa que primeiro experimentou. Os seios escapavam pelos lados do sutiã estampado e um pequeno triângulo mal cobria a parte central do traseiro, justamente a parte que, pensava ela, nem precisava tanto ficar coberta, deixando à mostra as duas luas pálidas e simétricas. Reparou na mancha roxa que lhe ficara na coxa ao esbarrar na ponta da mesa do escritório, antes de viajar. Vestiu outro, esse mais discreto, todo escuro. Pena que não tivesse ninguém para lhe ajudar com um palpite, aconselhá-la a escolher, esse ou aquele. Se o florido ou o azul-marinho. Meio encabulada, optou pelo escuro. Estava disposta a ousar, sim, mas tanto era demais para uma primeira vez. Carregou nas cores da canga que a vendedora ensinou como enrolar no corpo e amarrar, como as moças locais faziam. Saiu contente, pisando leve e treinando um requebro no andar, para se fazer mais *sexy*.

De volta ao hotel, antes de descer para jantar, resolveu tomar um banho quente. Ainda lhe pesava o cansaço da viagem. Encheu de água quente a banheira, deitou-se nela, e ali se deixou ficar, sonhando com o que poderia acontecer-lhe nessas férias. Tinha pressa, queria que aparecesse logo o homem que tanto desejava. Tinha que estar preparada para esse encontro.

O perfume da espuma que a cobria encheu todo o aposento e um vapor compacto, uma verdadeira neblina, recobriu os azulejos, os espelhos, os vidros das prateleiras. Nada melhor para relaxar do que um banho assim. Deixou-se ficar uns minutos naquela modorra, os olhos fechados. Depois, levantou-se e foi se enxugar frente à grande pia redonda. Abaixou a cabeça para que a longa cabeleira tombasse para frente, envolveu-a com a toalha branca, torcendo-a como um turbante e jogou-a para as costas, num impulso. Ao olhar no espelho totalmente toldado pela neblina que o encobria, desse opaco saltou-lhe aos olhos uma mensagem, uma frase de três palavras, escrita por dedo apaixonado: eu te amo!

 Levou um susto. Essa frase ela conhecia. Sabia seu significado. Não precisava traduzi-la para a sua língua. O coração sofreu súbita arritmia. A arrumadeira, provavelmente, não alcançara limpar o espelho na altura em que a haviam escrito e, por isso, a mensagem ficara ali, invisível, mas não se apagara. Com o vapor criado pelo banho seguinte, o dela, involuntariamente indiscreta, vira-se captando a declaração destinada a uma hóspede anterior. Pouco importava. Apossou-se daquelas palavras. Sem escrúpulos, com a certeza de que a ela se dirigiam, sentindo naquilo um aviso, um prenúncio. Era a confirmação de que alguma coisa extraordinária a estava esperando. Prestes a acontecer. Era uma promessa, não havia dúvida, aquela frase acabava de lhe conferir uma certeza: de que ali, na terra que mal conhecia, um confessado amor estava à sua espera.

A BARBA

Não me lembro de ter me olhado no espelho até o dia em que, por primeira vez, tive que fazer a barba. Era rapazola. Vivia numa casa de classe média pobre no interior do país, um varão entre várias irmãs, e o mais moço dos filhos dos meus pais. Tampouco me recordo de me demorar tanto no banheiro, como acontecia com minhas irmãs, com seus banhos prolongados e demoras em prender ou soltar os cabelos, ou na "arrumação" em que se empenhavam sempre que tinham que sair. Só a partir desse momento, em que o meu rosto foi seguindo outras tantas transformações que perturbavam o meu corpo de menino, quando tive que fazer a barba, comecei também a prestar atenção no ser que eu era. Por volta dos quatorze anos. Um belo dia, percebi uma sombra azulada a invadir meu maxilar, a se estender por baixo do queixo até o início do pescoço, e pelo espaço entre o lábio superior e o nariz. A pele foi ficando áspera e irritada. Às vezes coçava. Finalmente dei-me conta de que aquilo era a prova da minha masculinidade se manifestando. Eu estava me tornando homem. Era já bastante alto e muito magro. E foi então que comecei a passar mais tempo dentro do banheiro, às voltas com essa tarefa diária e tediosa de fazer a barba, para desespero de minhas irmãs, que implicavam comigo, batiam na porta trancada do único banheiro da casa, cobrando uma pressa que elas nunca haviam tido. Além de reclamarem, caçoavam também de mim, chamando-me com desprezo de "homenzinho". Pois eu já não era mais imberbe.

A pia grande de louça branca, com uma rachadura do lado direito, ficava presa à parede por duas garras de ferro. Não tinha, como hoje se usa, uma bancada dos lados, nem armários onde fosse encaixada. Uma torneira, eternamente mal fechada, pingava apenas água fria, marcando seu trajeto de ferrugem na louça. Eu levava da cozinha um potezinho de vidro com um pouco de água morna e nela derretia o sabonete, mexendo energicamente com um pincel apropriado, de pelos macios, presente de papai, que produzia uma espuma densa. Espalhava aquela nata pelo rosto, cuidadosamente, até cobrir toda a parte azulada, para retirá-la depois, ainda mais cuidadosamente, com a gilete que se encaixava dentro de um pequeno aparelho no formato de um T. Primeiro esticava a pele com a mão esquerda, da altura do queixo até à orelha, para, no sentido descendente, ir abrindo sulcos e remover toda a espuma. Depois, espalhava a que sobrara dentro da cuba pelo rosto outra vez, e recomeçava a faina, dessa vez em movimentos ascendentes, o que acabava com quaisquer resquícios de barba que lograssem permanecer. A pele ficava lisa e macia, bundinha de bebê.

Minha barba foi ficando cada dia mais espessa e escura, e quando já estava na faculdade, durante algum tempo deixei-a crescer, indomada e selvagem, como sinal de protesto às medidas políticas da época. Saí de casa, fui morar com outros jovens, numa república de estudantes, e levei uns tantos anos sem fazê-la ou sequer apará-la. O cabelo acompanhou-a, descendo pelos ombros, para indignação de meus pais, que achavam aquilo inadmissível, o meu estilo *hippie* parecendo a eles mais sujeira do que inconformidade.

A BARBA

No dia da minha formatura, resolvi ir a um barbeiro. Sentei-me na cadeira giratória, deixei-me envolver com o grande avental branco, descansei a cabeça para trás e deixei-o atuar. Primeiro o homem cortou minha barba negra e crespa com uma tesoura, para escanhoá-la em seguida, sem maiores sofrimentos para mim, usando a navalha que se abria sobre si mesma, rápida e eficiente. Fiquei outra pessoa, tão diferente, que até me assustei quando me vi no grande espelho da barbearia. E o pior, a parte que a barba cobrira durante tanto tempo estava muito mais clara do que o resto do meu rosto, queimado pelo sol. Uma máscara aderira à minha pele à minha revelia. Outra vez virei assunto e razão de chacota para minhas irmãs.

Nesse fim de ano, recomecei o sofrimento diário de ter que barbear-me. E com mais razão, porque acabara de conhecer a moça por quem me apaixonei e com quem me casei algum tempo depois.

Morávamos num apartamento pequeno, eu ganhava pouco e ela também trabalhava. Nosso banheiro, quase um armário embutido, de tão minúsculo, tinha um boxe com o chuveiro, o vaso sanitário e uma pia única. Por cima dela, o armário com prateleiras, colocado na estreita parede de azulejos. E na porta do armário morava o nosso único espelho. Toda manhã era um problema para nos arrumarmos, minha mulher e eu, ambos apressados para trabalhar. Ela se pintando, se maquiando, e eu, querendo fazer a barba. Quem faz barba sabe que não dá para fazê-la senão frente a um espelho. Ficávamos disputando o espaço apertado do banheiro, eu mais alto, tentando escanhoar-me por cima da cabeça dela, que fazia caretas para espalhar a base, riscar o traço nos olhos, ou passar o batom pela boca, que ora abria, ora comprimia, roçando um lábio no outro para espalhar a cor de cereja.

Foi então que comprei um barbeador elétrico. Parecia-me mais rápido e mais eficiente, dispensando a presença da imagem frente ao espelho. Funcionava com pilhas, e eu podia fazer a barba andando pela casa, com uma das mãos no bolso, enquanto ia passando os pequenos discos giratórios pela pele, de um lado, de outro, e só me olhando ao espelho no final. Mas não deu certo. A barba não ficava bem feita, pela metade do dia já estava eu com o aspecto relaxado de quem não tinha se barbeado naquela manhã. Acabei por abandonar o aparelho e voltei a me acotovelar com minha mulher diante do espelho do banheirinho apertado. Era esse o nosso único motivo de desavença e mau humor um com o outro. Saíamos para trabalhar, cada qual para seu lado, com o ranço da briguinha matinal incomodando.

O tempo foi passando. Fui promovido. A vida começou a dar certo. Minha mulher também mudou de ramo. Abriu uma loja pequena para venda de roupas femininas. Teve muito sucesso. Ambos começamos a ganhar mais. Recebemos parte da herança de um tio rico e solteiro. E afinal pudemos pensar em economizar e comprar um teto. Depois de muita procura, optamos por um apartamento ainda em construção, que levaríamos alguns anos pagando, mas que oferecia tudo o que sonhávamos, principalmente um banheiro confortável, com uma ampla bancada em que se encaixavam duas cubas de louça, encimadas por um largo espelho que cobria a parede de ponta a ponta, onde podíamos nos ver e até nos fitar, mutuamente enternecidos, sem rancores matinais.

Tivemos dois filhos. O mais velho era menino. Acordava cedo para o jardim de infância onde eu o deixava antes de ir para o escritório. Divertia-se a espionar-me enquanto eu passava no rosto a espuma de barba, que agora eu extraía de um tubo, um *spray* cheiroso, alvo e macio. Às vezes, de brincadeira, eu passava um pouco do creme no queixo dele, que fingia também ter barba para fazer. Ria-se encantado, olhando-se no espelho trepado no banquinho do banheiro. Era uma cumplicidade nossa, entre os homens da casa.

Comecei então a jogar na Bolsa, com inusitado êxito. Fiquei rico. Minha mulher, também, transformara-se em uma empresária bem-sucedida. Os artigos de sua loja, exclusivos e caros, eram muito procurados.

A BARBA

Compramos uma bela casa em um condomínio e nos tornamos mais um casal emergente. Cada um de nós tinha agora seu banheiro, seu espelho, sua privacidade. Nossos olhares já não se cruzavam, ternos e gratos, enquanto eu fazia a barba e ela se maquiava. Vestidos, prontos para sair, mal nos falávamos à mesa do café, tomado às vezes de pé, queimando a língua, às pressas. Um chofer levava as crianças para as respectivas escolas. E nós dirigíamos cada um seu próprio carro, para maior independência e mobilidade durante o dia.

Dei-me conta de que meu rosto estava vincado de rugas e dobras, quando aumentou o número de vezes em que, ao me barbear, cortava a pele com a gilete. Sim, porque não me acostumava com aparelhos elétricos, e continuava a usar o meu aparato em forma de T, agora também mais sofisticado, com um cabo roliço, imitação de marfim, e lâminas duplas. Uma após a outra, iam deslizando bochecha abaixo e decepando os fios grisalhos da minha barba. Recendia o banheiro com o cheiro gostoso de minha loção pós-barba, que estancava o sangue das pequenas feridas. Era uma fragrância inglesa, Old Spice, que anunciava também minha chegada no escritório. As moças que trabalhavam ali elogiavam o perfume que entrava junto comigo.

E assim seguia a vida, sem maiores acontecimentos.

Até que a dor foi tão forte, tão insuportável, que me dobrei em dois sobre a bancada do meu banheiro, a gilete ainda na mão, metade da cara coberta pela espuma, e senti que desabava inapelavelmente para o chão como uma massa escorregadia, uma coisa gelatinosa e invertebrada, se espalhando de qualquer jeito pelo piso de mármore. Mal ouvi a voz de minha mulher gritando um:

– Tchau! Estou saindo. Muito atrasada hoje.

Não consegui pronunciar nada, a garganta cerrada, o peito dilatado por uma dor fortíssima, que sufocava e não explodia, não deixava escapar nenhum som pela boca entreaberta.

Hoje tenho um enfermeiro que me faz a barba. Empurra minha cadeira de rodas para a frente da pia e com paciente e quase terna aplicação, alisa meu rosto, passa o creme de barbear, raspa meu maxilar, o começo do meu pescoço, afastando a papada que se instalou sob o meu queixo, e cuidadosamente retira os pelos do espaço entre o nariz e o lábio superior. E ainda apara com uma tesourinha os que me saem pelas narinas. Depois molha a mão com o Old Spice, pós-barba, e passa-a pelo meu rosto. Quase como quem faz uma carícia.

O TELEFONEMA

Colocou o fone de volta no gancho, delicadamente, mantendo a mão gelada sobre o aparelho. Para calá-lo. Ou para, se pudesse, com isso anular a ligação. Desfazê-la. Sentia-se atingida. No peito, por um soco. No rosto afogueado e nos olhos ardidos por um jato quente. Um punhado de areia. Mal piscava, para que as pálpebras não arranhassem o polido metal das pupilas. Sentia-se tonta. Tropeçara, perdera o equilíbrio. Como se andando, o pé tivesse pisado no laço desamarrado do outro tênis. Sentia-se dilacerada, anúncio rasgado de metrô. Ridícula, como se lhe houvessem pintado bigodes na melhor fotografia. Queimava de vergonha.

 Fizera mal em ceder a seus impulsos. Policiara-se todos aqueles dias, rondando a mudez do telefone. Mas, hoje, se permitira chamá--lo, não pareceria ansiosa ou insistente, porque tinha um bom pretexto: a viagem. Queria despedir-se e dizer-lhe que na véspera o tinha visto na rua. Não lhe diria da refreada vontade diária de ouvi-lo. De como, à noite, o sono interrompido, na imprecisão dos sentidos, repetia o nome dele. De como o sentia presente, como uma roupa ou um perfume, envolvendo seu corpo. Embaraçado nos cabelos. Nas mãos, ocupadas ou à toa. No ar, cercando-a como um muro, a lembrança dele, se deslocando para onde ela fosse. Ele, um homem como todos os outros. Feito homem, em nada diferente.

Partindo de um centro – ela – o amor se multiplicara, se espalhara, redondo, tudo abrangendo, contaminando tudo, mesmo que, com uma autoridade caprichosa, ele a mantivesse à distância, na imposta impotência para se manifestar. O amor se expandira sem limites, independente, à revelia dela e da aceitação do objeto daquele amor.

O equilíbrio dos opostos é que compõe a vida, ela se dizia. Em tudo se empenhava, inteira. Ele, não. Um dia, ela pensava, as oposições seriam justapostas e complementariam um todo. Quando as peles se tocassem, suaves como a cinza, quando o espaço entre eles se fundisse, quando mil beijos secassem as bocas salivadas, quando a faina amorosa os fizesse dar grito ou gemido e os despertares fossem inúteis, porque tudo seria sonho, quando a velha canção latina, de que ela gostava tanto, e ele nem conhecia, fosse comum aos dois, tudo seria infinitamente perfeito. Pensava.

Ele não a chamava jamais, mesmo quando prometia fazê-lo. Desculpava-se depois, dizia-se ocupadíssimo e, às vezes, sem-cerimônia, confessava haver-se esquecido de que ficara de chamá-la. Mas, quando a encontrava pelos corredores do escritório, lhe dava rápidos beijos roubados e, igualmente inesperados, presentes na volta das viagens. Ela transitava com forçada naturalidade naquele encaminhamento nada ortodoxo para o que estava acontecendo: paixão alucinada e fora de hora. Acomodava-se às circunstâncias, para não se arriscar a perder o precioso contato. Mesmo pouco, cada vez mais indispensável. Alimentava-se das mentiras benfazejas que se ia inventando. Deixava-se enredar. Enquanto ele mantinha a distância, o controle da situação. Competentemente.

Melhor assim, pensou ela, estalando os dedos. Melhor acabar antes que mais houvesse acontecido.

O TELEFONEMA

A voz firme e eficiente da secretária que atendera ao telefone dissera-lhe que esperasse um minutinho, iria passar a ligação ao Dr. Mauro. Baixava-se a ponte levadiça entre as duas margens do fosso. Passado o minutinho, não fora a desejada voz o que ouvira. Voltara a feminina voz eficiente para comunicar-lhe que ele não poderia atendê-la, estava numa reunião importante. Não podia deixar a sala para atender ao telefone. Também não sabia a que horas estaria livre.

Agradecera e desligara. Novela mexicana: a alma em pedaços. Com a certeza de que, evidentemente, ele mandara dizer que não podia atendê-la. Ou, pior ainda, que não estava a fim de atendê-la. Para bom entendedor...

Um profundo suspiro esvaziou o peito oprimido, mas não refrescou o calor no rosto. Voltou a estalar cada dedo, devagar, pensativa, parada ali, junto ao telefone, incapaz de se mover, arrependida do impulso.

Foi até a gaveta da cômoda, abriu um envelope e retirou dele uma folha escrita. Rasgou-a, vagarosa e sofrida, em vários pedaços. O bilhete que pensara colocar no correio no aeroporto, caso não conseguisse encontrá-lo no escritório. Pensou no poema do Drummond, aquele em que falava do amor no tempo da madureza, que Deus ou o diabo (nem o poeta sabia qual) o teria provido para tormento e desespero da criatura apaixonada depois de certa idade. Ela sabia que só podia ter sido Deus. O diabo teria contribuído para tornar realizável qualquer pecado. Para levá-la logo ao meio dos infernos. Só Deus martirizava assim. Para a garantia de um céu posterior. Que céu coisa nenhuma. O céu era agora, na voz acariciante e morna, a dele, nos seus ouvidos.

Andou pelo quarto. Para um lado. Para o outro. Feito água represada dando voltas, sem saber onde achar uma saída. Tentando estalar os dedos outra vez. Relembrou a última conversa telefônica. Ele doce, íntimo. Dera para perceber prazer na sua voz ao conversarem. Mais que simples interesse, reconhecera, ouvira – não estava tentando se iludir. Não estava inventando. Sabia quando ele queria ser distante, como agora. Ele sempre se arrogava, com uma sinceridade quase rude, o direito de dizer-lhe não, diretamente, quando tivesse que dizer não. Não, para vê-la. Não, para ouvi-la. Não, para estar com ela. Agora, a negativa transmitida pela secretária fazia valer essas prerrogativas. Intencionalmente soltara o anunciado "não". Certamente começava a aborrecê-lo. Castigava-a, sem que ela soubesse por quê. Obviamente a reunião era pretexto. Sem hora para terminar. Dava-lhe um cano, como diziam. Depois de dias de espera. Apesar de haver prometido chamá-la nessa semana e, mais uma vez, não tê-lo feito.

Partiria em quinze minutos levando o peso dessa verdadeira despedida na bagagem. Toneladas de amargura. Humilhada. Miserável. A viagem não era longa, nem definitiva, mas teria querido ouvi-lo antes de partir. Ouvi-lo dizer: até a volta. E agora? Não havia ficado espaço para insistir. Sequer na volta.

Mais do que as raízes subterrâneas do bambu, secretamente havia se espalhado nela, sem que o notasse, a praga alastrante desse sentimento. Era obrigada a reconhecer – estava apaixonada.

Foi até a cama, onde a mala pronta esperava, aberta. Automaticamente, fechou-a e guardou a chave na bolsa. Entrou no banheiro. Olhou-se no espelho. Molhou o quente do rosto com água fria. A toalha recolheu as gotas que escorriam como lágrimas. Que cara horrível! Péssimo aspecto. Passou mais um pouco de base, para disfarçar o ar de choro, embora não tivesse chorado. A notícia da morte de um amigo querido, alguns dias antes, a havia machucado muito, mas não tinha conseguido chorar. Não sabia mais chorar. A dor que sentia agora lhe parecia maior ainda do que a perda do amigo. Insuportável. Tomou-a uma sensação de pânico. De desespero.

Abriu o armário de cima da pia e tirou vários comprimidos de um vidro. Pôs dois na boca. Depois, mais dois, regando-os com a água da torneira. E mais dois. Voltou ao quarto, levantou da cama a mala e pousou-a no chão. Ia para o aeroporto como quem foge. Ou

O TELEFONEMA

como quem vai morrer. Fustigada por aquela ideia terrível de que não deveria mais procurá-lo. De que não poderia mais procurá-lo. Ele a despachara para longe. Muito longe. Uma vergonha imensa aumentava-lhe o sofrimento. Como deveria ter sido ridícula, buscando ocasiões para vê-lo, para falar-lhe. Como deveria ter parecido importuna com as disfarçadas insistências, as camufladas insinuações, as frequentes gentilezas. Só agora compreendera a peculiaridade da situação em que se metera. Tomara gestos dele de pura cortesia, talvez de alguma curiosidade, por interesse genuíno e até por galanteio. Como pudera não perceber seu engano!

Procurou no caderninho o número do ponto de táxis mais próximo. Pôs na língua mais dois comprimidos, que engoliu com dificuldade, sem água, aos engulhos. Tirou o fone do gancho e, quando começou a discar, ruídos estranhos intervieram na ligação. Uma voz de mulher se alternava com o ruído dos números discados. Alguém dizia:

– Alô,... lô, é ... na Sônia?

– Sim, sou eu. Quem está falando?

Aqui é a secretária do Dr. Mauro. Ele ainda está em reunião, não pode vir falar com a senhora, mas me pediu para lhe dizer que venha ao escritório hoje ainda, às cinco e meia. Precisa muito lhe falar.

Com uma zoeira de gansos grasnando por dentro, respondeu aparentemente desinteressada:

– Ah! Sim? Infelizmente... Eu não vou poder... Infelizmente não vai ser possível. Diga a ele que estou saindo neste momento para o aeroporto. Vou viajar. Desculpe-me com ele. Quando eu voltar, telefonarei para marcar outra entrevista. Deixo-lhe um abraço.

– Sim, senhora, eu dou o recado. Então, boa viagem.

– Obrigada. Muito obrigada.

Correu ao banheiro, exultante, meteu o dedo na garganta e vomitou, vomitou a alma, enquanto repetia, eufórica, abraçada ao vaso sanitário:

– Até a volta. Até a volta. É até a volta.

Título	Histórias de Banheiro
Autora	Dirce de Assis Cavalcanti
Editor	Plinio Martins Filho
Produção editorial	Aline Sato
Capa	Tomás Martins
Foto da capa	Margarida Aguadé
Editoração eletrônica	Daniela Fujiwara
Formato	14 x 21 cm
Tipologia	Times e Herculanum
Papel	Pólen Soft 80 g/m^2 (miolo)
	Cartão Supremo 250 g/m^2 (capa)
Número de páginas	128
Impressão e acabamento	Gráfica Vida e Consciência